NOTICE

DES LIVRES

MANUSCRITS ET IMPRIMÉS

DE FEU LE CIT. BARTH. MERCIER,

CI-DEVANT ABBÉ DE S.-LEGER,

ET ANCIEN BIBLIOTHÉCAIRE DE SAINTE-GENEVIÈVE,

DONT la Vente se fera le 24 Frimaire an VIII, & jours suivans, à cinq heures de relevée, en sa maison, rue du faubourg Saint-Jacques, au-dessus la rue Saint-Dominique, Nos. 132 & 374.

SE TROUVE A PARIS,

Chez GUILLAUME DE BURE l'aîné, Libraire de la Bibliothèque nationale, rue Serpente, N°. 6.

AN VIII.

AVERTISSEMENT.

LA confiance que la Famille du citoyen Mercier m'a témoignée, en me chargeant de la vente de ſa Bibliothèque, m'auroit fait deſirer de pouvoir en faire le Catalogue par ordre de matières ; mais le peu de temps que j'ai eu, & le grand déſordre où étoient les Livres m'en ont empêché. Il a fallu donner à l'impreſſion à meſure que je prenois les titres ; il n'y aura, malgré cela, de différence que dans l'ordre des matières ; car tous les articles qui doivent entrer dans le Catalogue, ſe trouvent détaillés dans la notice. Cependant, comme le citoy. Mercier s'étoit principalement occupé d'Hiſtoire littéraire & de Bibliographie, j'ai eu ſoin de raſſembler tous les livres ſur cette matière, pour qu'ils puiſſent être vus de ſuite. La plus grande partie des Livres ſont annotés de ſa main, & contiennent beaucoup d'Anecdotes littéraires, mais je n'ai annoncé ſur le Catalogue que ceux qui, par le grand nombre de notes, m'ont paru le mériter davantage. Les grandes connoiſſances en Bibliographie du citoyen Mercier, ſes relations avec pluſieurs Savans bibliographes de l'Europe, & la critique éclairée qu'il portoit dans tous les genres de Littérature, rendront très-précieux aux yeux des amateurs le travail qu'il a fait ſur différens ouvrages, entre autres, ſes notices ſur les poëtes latins du moyen âge, les augmentations & corrections ſur les Bibliothèques de la Croix-du-Maine & de Duverdier, les notes ſur Maittaire, la Bibliographie inſtructive, &c. &c. J'ai cru devoir marquer d'une * les notes qu'il avoit miſes au commencement de pluſieurs Livres qu'il regardoit comme très-rares. Les Manuſcrits de ſa compoſition, & ſa Correſpondance littéraire, annoncés dans le dernier numéro, ſeront vendus le dernier jour de la vente.

AVIS.

Le Citoyen De Bure vient de mettre en vente un Ouvrage pofthume de J. S. Bailly, auteur de l'hiftoire de l'Aftronomie, intitulé : *Effai fur les Fables & fur leur Hiftoire*, 2 *vol. in*-8°. brochés; prix, 5 fr. & 7 fr. franc de port par la pofte.

On trouve chez le même les Ouvrages fuivans, du même Auteur :

Histoire de l'Aftronomie ancienne, deuxième édition. *Paris*, 1781, *in*-4°. *rel.* 12 f.

— de l'Aftronomie moderne, deuxième édition. *Paris*, 1785, 3 *vol. in*-4°. *rel.* 44 f.

On vend féparément le Tome III de cet Ouvrage, 10 f.

Traité de l'Aftronomie Indienne & Orientale. *Paris*, 1787, *in*-4°.

Les 5 *vol. in*-4°. *reliés* ; 70 f.

Lettres fur l'origine des Sciences, & fur celles des peuples de l'Afie, adreffées à Voltaire. *Paris*, 1777, *in*-8°. *relié.* 3 f. 50 c.

— fur l'Atlantide de Platon, & fur l'ancienne hiftoire de l'Afie. *Paris*, 1779, *in*-8°. *rel.* 4 f. 50 c.

Difcours & Mémoires contenant les éloges de Charles V, Corneille, Molière, Leibnitz, le Capitaine Cook & autres, &c. *Paris*, 1790, 2 *vol. in*-8°. *rel.* 11 f.

On a tiré de ces deux derniers volumes des exemplaires fur papier vélin, *br.* 15 f.

NOTICE

DES LIVRES

DE FEU LE C. BARTH. MERCIER. ST.-LÉGER.

N°. 1. 56 *vol. in-fol. in-4°. in-8°. & in-12.*

LAMPAS sive Fax Artium liberalium a Jano Grutero. *Francofurti*, 1602, 5 *vol. in-8°. vél.*

Dan. Wilhelmi Trilleri observationes criticæ, in varios auctores græcos & latinos. *Francofurti ad Mœnum*, 1742, *in-8°. v. f.*

L'Étymologie, ou Explication des Proverbes françois, par Fleury de Bellingen. *La Haye*, 1656, *in-12. v. b.* = Les Illustres Proverbes nouveaux & historiques. *Paris*, 1665, 2 *tom. en un vol. in-12. rel.* = Matinées françoises, ou Proverbes françois. *Sens*, 1789, *in-8°. br.*

Essais de Critique sur les Ecrits de M. Rollin. *Amsterdam*, 1740, *in-12. v. m.* = Felix Litteratus Auct. Th. Spizelio. *Augustæ Vindel.* 1676, *in-8°. veau brun.*

And. Alciati Emblemata. *Antverpiæ*, 1577, *in-8°. fig. v. b.*

Jani a Costa Prælectiones ad illustriores quosdam titulos, locaque selecta juris civilis. Ed. B. Voorda. *Lugd. Bat.* 1773, *in-4°. v. éc.*

Traité des Statues, par Fr. Lemée. *Paris*, 1688, *in-12. v. b.*

Les Caractères de Théophraste, d'après un *MS.* du Vatican, en grec & en franç. par Coray. *Paris*, l'an 7, *in-8°. br. Pap. Vél.*

De Atramentis cujuscumque generis, auct. Canepario. *Londini*, 1660, *in-4°. v. f.*

Manuel Typographique, par Fournier le jeune. *Paris*, *Barbou*, 1764, 2 *vol. in*-8°. *fig. br.*

Christianismi restitutio, (auct. Michaele Serveto.) 1553, *in*-8°. *br.*

Édition réimprimée à Nuremberg, chez Rau, en 1791. Elle est faite page pour page sur l'édition originale.

Tractatus Théologico-politicus, auct. Ben. Spinosa. *Hamburgi*, 1670, *in*-4°. *v. f.*

Réflexions curieuses d'un Esprit désintéressé, sur les Matières les plus importantes au salut, par Ben. Spinosa. *Cologne*, 1678, *in*-12. *m. bl.*

Exemplaire avec les trois titres.

De Cœlo & ejus mirabilibus, & de Inferno, ex auditis & visis. (auct. Em. Swedenborgio.) *Londini*, 1758, *in*-4°. *v. m.*

Sapientia Evangelica de divino amore & de divinâ sapientiâ, (auct. Em. Swedenborgio.) *Amstelodami*, 1763, *in*-4°. *v. m.*

Histoire des Progrès de l'Esprit Humain dans les Sciences & dans les Arts qui en dépendent, par Saverien. *Paris*, 1776, 4 *vol. in*-8°. *dem. rel.*

Le Parfait Maréchal, par Garsault. *Paris*, 1746, *in*-4°. *fig. v. m.*

Le Parfait Maréchal, par Solloysel. *Paris*, 1744, *in*-4°. *fig. v. m.*

Tela ignea Satanæ, auct. Wagenseilio. *Altdorfii Noricorum*, 1681, 2 *vol. in*-4°. *v. éc.*

Kabbala denudata, sive doctrina Hebræorum theologica & metaphysica. *Sulzbaci*, 1677. = Adumbratio Kabbalæ christianæ. *Francofurti*, 1684, 3 *vol. in*-4°. *v. b. & vél.*

Jacobi Magni Sophologium, *in-fol. dem. rel.*

Editio vetus impressa circa annum 1470, Argentorati per Joannem Mentelin.

Reflexions. M. C.

De Cœlo. m. Barrois je. x#

Sapientia. m. Barrois je. x#

Kabbala. m. Barrois je. mh.#

Reginald di Poli, &c. Reclamé par la Bibl. Nation

Vocabulaire, M. Barrois je. p^{tt} 5 fr.

Glossarium ad scriptores mediæ & infimæ latinitatis, Auct. du Cange. *Parisiis*, 1678, 3 *vol. in-fol. v. b. Ch. Mag.*

Bibliothèque universelle des Romans. *Paris*, 1782, 2 *vol. in-4°. br. Pap. d'Holl.*

Reginaldi Poli Cardinalis Epistolæ. *Brixiæ*, 1744, 4 *vol. in-4°. v. f.*

Œuvres badines complettes du comte de Caylus. *Paris*, 1787, 12 *vol. in-8°. fig. br.*

N°. 2. 53 *vol. in-4°. in-8°. & in-12.*

Hermès, ou Recherches Philosophiques sur la Grammaire universelle, traduit de Harris, par Thurot. *Paris*, *an IV*, *in-8°. br.*

Alphabetum Grandonico-Malabaricum sive Samscrudonicum. *Romæ*, 1772, *in-8°. br.*

Vocabulaire universel latin & françois. *Paris*, 1754, *in-8°. v. m.* = Indiculus universalis, ou l'Univers en Abrégé, par Pomey. *Paris*, 1755, *in-12. v. m.*

Lou trimfe de la Lengovo Gascovo, per G. d'Astros. *A Toulouso*, 1643, *in-12. parch.*

De Poematum cantu & viribus rythmi, (auct. Isaaco Vossio.) *Oxonii*, 1673, *in-8°. v. b.* = Fr. Vavassoris de Epigrammate liber, & Epigrammatum libri tres. *Parisiis*, 1669, *in-8°. v. b.* = Nic. Mercerii de conscribendo Epigrammate opus. *Parisiis*, 1653, *in-8°. vél.*

Extrait d'un manuscrit intitulé le Livre du Très-Chevaleureux Comte d'Artois & de sa Femme, fille du Comte de Boulogne, par le cit. Mercier de S.-Leger. 1783, *in-8°. m. r.*

Psyches & Cupidinis Amores, ex Apuleii Metamorphoseon libris excerpti. *Parisiis*, 1796, *in-18. br. Pap. Vél.* = Hymne au Soleil, par de Reyrac. *Paris*, *Impr. Roy.* 1783, *in-8°. br. Pap. Vél.*

Equitis Franci & adolescentulæ mulieris Italæ, practica artis amandi. Auct. Hilario Drudone. *Francofurti*, 1625, *in*-12, *v. m.*

Cl. B. Morisotti Peruviana. *Divione*, 1645, *in*-4°. *veau brun.*

Le Voyage du Valon Tranquille, (Sceaux.) Nouvelle historique, par F. Charpentier, avec la clef. 1673, *in*-12, *dem. rel.*

Histoire Pitoyable du Prince Erastus, fils de Dioclétien, empereur de Rome, trad. de l'italien. *Paris*, 1570, *in*-18, *parch. l. r.*

De l'Amour d'Henri IV pour les Lettres, par Gab. Brizard. *Paris*, 1785, *in*-18, *br.*

Cet exemplaire contient une grande quantité de notes.

L'Histoire du Petit Jehan de Saintré. *Paris*, 1724, 3 *vol. in*-12, *v. b.*

Caroli Bovilli Samarobrini Proverbiorum vulgarium libri tres. *Parisiis*, 1531, *in*-8°. *rel. en peau.*

Dissertationum Ludicrarum & amœnitatum Scriptores varii. *Lugd. Bat.* 1638, *in*-12, *v. m.*

Éloge de la Folie, trad. du latin d'Erasme, par de Laveaux, avec les fig. de Holbein. *Bâle*, 1780, *in*-8°. *fig. v. porp.*

L'Art de Péter. *En Westphalie*, 1775, *in*-12, *br.*

Cet exemplaire est rempli de notes & de recherches fort curieuses.

Poggiana, ou la Vie & les Bons Mots de Pogge. *Amsterdam*, 1720, 2 *vol. in*-12, *v. m.* = Segraisiana, ou Mêlange d'Histoire & de Littérature, &c. *Paris*, 1721, *in*-12, *v. f.*

Menagiana. *Paris*, 1729, 4 *vol. in*-12, *v. b.*

Censura celebriorum Auctorum, auct. Th. Pope Blount. *Genève*, 1710, *in*-4°. *v. m.*

Réflexions sur la critique, par le P. Honoré de

De l'amour. B.
lettre du petit. M. Barrois j. Xbre

l'art de Dater. B.

Michaelis. M. Andry

~~anthologia. M.~~ M. Barrois je ao[t]

flores Epigrammatum. M. C

Hymnus. M. Barrois je pt

C. Val. Catullus. B

Sainte-Marie. *Paris*, 1713, 3 *vol. in*-4°. *v. b.*

Lettere di Apostolo Zeno. *In Venetia*, 1785, 6 *vol. in*-8°. *dem. rel.*

Le Pélerinage de l'Homme. *Paris*, *Verard*, 1511, *in*-4°. *v. éc. goth. fig. en bois.*

Bibliothèque des Romans grecs, trad. en françois. *Paris*, 1797, 12 *vol. in*-12, *br. Gr. Pap.*

N°. 3. 40 *vol. in*-4°. *in*-8°. & *in*-12.

Jo. Dav. Michaelis in Rob. Lowth Prælectiones de sacrâ poesi Hebræorum. *Oxonii*, 1763, *in*-8°. *veau marbré.*

Anthologiæ græcæ a Constantino Cephala conditæ libri tres, gr. & lat. ex edit. J. Reiske. *Oxonii*, 1766, *in*-8°. *v. m.* = Stratonis aliorumque Poetarum veterum græcorum Epigrammata, gr. edit. a Ch. Adolpho Klotzio. *Altenburgi*, 1764, *in*-8°. *br.*

Anacreontis Carmina. *Argentorati*, 1786, *in*-18, *br.* = Q. Horatii Flacci Carmina, cum notis Joan. Bond. *Aurelianis*, 1767, *in*-12, *v. f.*

Flores epigrammatum ex optimis quibusque auctoribus excerpti, per Leodegarium a Quercu. *Lutetiæ*, 1560, 2 *vol. in*-18, *vél.* = Aristologia Pindarica, gr. & lat. Stud. Mich. Neandri. *Basileæ*, 1546, *in*-8°. *v. b.*

Hymnes de Callimaque en grec & en françois, trad. par Dutheil. *Paris*, *Imp. Royale*, 1775, *in*-8°. *br.*

Apollinarii interpretatio Psalmorum versibus heroicis, gr. & lat. *Parisiis*, 1580, *in*-8°. *v. f.* = Auctores Rei Venaticæ antiqui cum comment. J. Ulitii. *Lugd. Bat.* 1653, *in*-12, *vél.*

C. Val. Catulli Elegia ad Manlium, lectionem constituit Laur. Santenius. *Lugd. Bat.* 1788, *in*-4°. *br.*

Traduction en prose de Catulle, Tibulle & Gallus, avec le texte latin. *Paris*, 1771, 2 *vol. in*-8°. *v. éc. Pap. d'Holl.*

Élégies de Tibulle, en latin & en françois, de la traduction de Pastoret. *Paris*, 1784, *in*-8°. *v. m.*

Les Œuvres de Virgile, de la traduction de l'Abbé Desfontaines. *Paris*, 1743, 4 *vol. in*-8°. *fig. v. m.*

Q. Horatius Flaccus ad nuperam Rich. Benleii edit. accuratè expressa. *Cantabrigiæ*, 1713, *in*-8°. *v. m.*

* Belle & rarissime édition.

Q. Horatii Flacci Poemata cum observ. Alex. Cuningamii. *Londini*, 1721, 2 *vol, in*-8°. *v. f.*

Q. Horatii Flacci Opera. *Parisiis*, *e Typ. Reg.* 1733, *in*-24, *v. m.* = Phædri Fabulæ & P. Syri Sententiæ. *Parisiis*, *e Typ. Reg.* 1729, *in*-24, *v. m. Ch. Mag.*

Q. Horatii Flacci Carmina. *Paris. Coustellier*, 1746, *in*-12, *v. m.* = Phædri Fabulæ. *Parisiis*, 1742, *in*-12, *v. m.*

Q. Horatii Flacci Carmina. *Parisiis*, *Barbou*, 1763, *in*-12, *v. m.* = Phædri Fabulæ. *Parisiis*, *Barbou*, 1754, *in*-12, *v. m.*

Didon, Poëme en vers mètriques hexamètres, trad. de Virgile, par M. Turgot. 1778, *in*-4°.

* Cet ouvrage de M. Turgot est peu connu. Il en avoit fait tirer un très-petit nombre pour ses amis, &c.

Phædri Augusti Liberti fabularum Æsopiarum libri V, nunc primum in lucem editi. (Edente Pet. Pithæo.) *Augustobonæ Tricassium*, 1596, *in*-12, *non relié.*

Phædri fabularum libri quinque, cum not. Jos. Desbillons. *Manhemii*, 1786, *in*-8°. *v. f.*

P. Papinii Statii Opera, cum notis Em. Crucei. *Parisiis*, 1618, *in*-4°. *bas.*

Didon. B.

Didon. Reclamé par le Cit. Guyot Desherbiers

Plautus aldi. 8°. M. C.

affections. Reclamé par le cit. Guyot desherbiers

oeuvres de la Monnoie. Reclamé par le Cit.
Chardon de la Rochette.

notices. B.

M. Valerii Martialis Epigrammata. *Parisiis*, 1754, 2 *vol. in*-12, *v. m.*

Les Epigrammes de Martial, en latin & en françois. *Paris*, 1655, 2 *vol. in*-8°. *v. b.*

Satyres de Juvénal, traduites par Maupetit. *Paris*, 1779, *in*-4°. *v. m.*

Poëme de Pétrone sur la guerre civile entre César & Pompée, trad. en vers françois. *Amsterdam*, 1737, *in*-4°. *v. m.*

M. Ac. Plauti Comœdiæ. *Venetiis*, *Aldus*, 1522, *in*-8°. *m. r.*

M. Accii Plauti Comœdiæ. *Parisiis*, *Barbou*, 1759, 3 *vol. in*-12, *v. m.*

N°. 4. 45 *vol. in*-4°, *in*-8°. & *in*-12.

Mêlanges de Littérature étrangère. *Paris*, 1785, 6 *vol. in*-12, *br.*

Apparatus eruditionis tam rerum quam verborum, operâ P. M. Pexenfelder. *Coloniæ*, 1744, *in*-8°. *dem. rel.*

M. T. Ciceronis Orationes cum notis Nic. Desjardins. *Parisiis*, 1738, *in*-4°. *v. b.*

Les Affections de divers Amans, trad. de Parthenius de Nicée. 1743, *in*-12, *m. verd.*

Dizionario precettivo, critico ed istorico della poesia volgare del P. Ireneo Affo di Busseto. *In Parma*, 1777, *in*-8°. *dem. rel.*

De la Manière d'apprendre les langues, par Radonvilliers. *Paris*, 1768, *in*-8°. *v. m.*

Trésor des Recherches & Antiquités gauloises & françoises, par P. Borel. *Paris*, 1655, *in*-4°. *v. f.*

Œuvres choisies de Bern. de la Monnoye. *Paris*, 1770, 2 *vol. in*-4°. *v. m.*

Notices historiques & critiques de deux *MSS.* de la bibliothèque de M. de la Vallière; le Roman d'Artus de Bretagne, & le Roman de Parthenay, par l'Abbé Rive. *Paris*, 1779, *in*-4°. *br.*

Avec beaucoup de notes du cit. Mercier.

Auctores latinæ linguæ in unum redacti corpus, stud. D. Gothofredi. *Genevæ*, 1595, *in*-4°. *bas.*

Œuvres de Maître François Rabelais. 1767, 3 *vol. in*-12, *v. f.*

Recherches sur les Théâtres de France, par de Beauchamps. *Paris*, 1735, 3 *vol. in*-8°. *v. m.* = Réflexions sur les différens Théâtres de l'Europe, par Riccoboni. *Paris*, 1738, *in*-8°. *v. m.*

Bibliothèque du Théâtre François, par le duc de la Vallière. *Dresde*, 1768, 3 *vol. in*-8°. *v. m.* = Lettres sur les Spectacles, par Desprez de Boissy. *Paris*, 1780, 2 *vol. in*-12, *v. m.*

C. Soll. Apollinaris Sidonii Opera, cum not. J. Sirmondi. *Parisiis*, 1652, *in*-4°. *v. m.*

Il Filostrato di Boccacio. *Parigi*, 1789, *in*-8°. *br.* = De le Rime di diversi nobili Poeti Toscani, raccolte da Dion. Alanagi. *In Venetia*, 1565, *in*-12, *vél.* = Panegyrico di Plinio a Trajano, da Vitt. Alfieri. *Parigi*, 1787, *in*-8°. *br.*

Erasme Roterodame de la Déclamation des Louenges de Folie. *Paris*, *Galliot du Pré*, 1520, *in*-4°. *goth. v. m. fig. en bois.*

Rob. Gaguini Epistolæ, Orationes, &c. *Parisiis*, 1498, *in*-4°. *v. b. goth.*

Avec beaucoup de notes.

Thomæ Erpenii Grammatica Arabica, edid. Alb. Schultens. *Lugd. Bat.* 1767, *in*-4°. *v. m.*

Guillermi de Mara de tribus fugiendis, ventre, pluma & venere libelli tres. *Parisiis*, *Colinæus*, 1521, *in*-4°. *v. b.*

Longi pastoralium de Daphnide & Chloe lib. qua-

Rabelais. M. ~~Barroix~~ 1 ~~x~~ it. Theophile De Bu

Erasme. B.

Th. Erpenius. ~~B~~ M. Barrois 1 ° AO..

Antiquité. M. Barrois j.º 1

tuor, gr. & lat. ex recens. J. C. d'Anse de Villoison. *Parisiis*, 1778, *in-8°. br.*

Les Amours Pastorales de Daphnis & Chloé, trad. du grec de Longus par Amyot. *Paris*, 1718, *in-8°. m. r. dent. tab.*

Avec les figures du Régent.

Liber Barlaam & Josaphat, (Indiæ Regis.) *Editio vetus absque ullâ loci, anni, atque impressoris nomine, circa annum* 1470 *excusa, in-fol. m. r. Rarus.*

Les Amours de Psyché & de Cupidon, par La Fontaine. *Paris, Saugrain, l'an* 3, *in-4°. fig. Pap. Vél.*

Lettres d'Héloïse & d'Abailard, en lat. & en franç. *Paris*, 1796, 3 *vol. in-4°. fig. dem. rel.*

Historia del Famoso predicador fray Gerundio de Campazas, (por Pedro Jos. Fr. de Isla.) *En Madrid*, 1758, 2 *vol. in-4°. bas.*

* Ouvrage curieux, piquant & très-rare, vendu 72 fr. chez Camus de Limare.

N°. 5. 55 *vol. in-4°. in-8°.* & *in-12.*

Mémoires pour servir à l'Histoire universelle de l'Europe, depuis 1600 jusqu'en 1716, par d'Avrigny. *Nismes*, 1783, 2 *vol. in-8°. v. m.*

Antiquité de la nation & de la langue des Celtes, par Pezron. *Paris*, 1704, *in-12, v. b.*

Abrégé Chronologique de l'Histoire de France, par le P. Henault. *Paris*, 1761, 2 *vol. in-8°. v. éc.*

Description de Paris, par Piganiol de la Force. *Paris*, 1742, 8 *vol. in-12, fig. v. b.*

Athanasii Kircheri Historia Eustachio Mariana. *Romæ*, 1665, *in-4°. vél.*

Petri de Dusburg Chronicon Prussiæ. *Jenæ*, 1679, *in-4°. fig. m. r.*

Valerii maximi Dictorum & Factorum memorabilium libri novem. *Venetiis*, *Aldus*, 1502, *in*-12, *v. f.* = Cl. Æliani varia Hiſtoria, gr. & lat. T. Faber emendavit. *Salmurii*, 1667, *in*-12, *v. b.*

Valere maxime, trad. par René Binet. *Paris*, *l'an IV*, 2 *vol. in*-8°. *br.*

Carthago, ſive Carthaginienſium reſpublica, auct. Chriſt. Hendreich. *Amſt.* 1664, *in*-12, *v. f.* = Le Notti romane al ſepolcro de Scipioni. *Parigi*, 1797, *in*-12, *v. m.*

Mémoire ſur trois points intéreſſans de l'Hiſtoire Monétaire des Pays-Bas, par Gheſquière. *Bruxelles*, 1786, *in*-8°. *fig. br. Gr. Pap.*

Hiſtoire abrégée des Empereurs Romains & Grecs, par les médailles, par Beauvais. *Paris*, 1767, 3 *vol. in*-12, *br.*

Géographie ancienne abrégée, par d'Anville. *Paris*, 1768, 3 *vol. in*-12, *v. m.*

Noticia univerſal de Cataluña, por Fr. Marti y Viladamar. *En Barcelona*, 1641, *in*-4°. *rel. en velours cramoiſi.*

Le Pour & le Contre; recueil complet des opinions prononcées à la Convention Nationale, dans le Procès de Louis XVI. *Paris*, *l'an Ier*. 7 *vol. in*-8°. *br.*

Vitæ ſelectorum aliquot virorum qui doctrinâ, dignitate, &c. claruere. *Londini*, 1681, *in*-4°. *v. f.*

Memorie della vita di Uliſſe Aldrovandi. (da G. Fantuzzi.) *In Bologna*, 1774, *in*-4°. *dem. rel.*

De veteribus ſacris Chriſtianorum Ritibus. (auct. J. B. Caſalio. *Francofurti*, 1681, *in*-4°. *v. f.*

Table raiſonnée des Nouvelles Eccléſiaſtiques. 1767, 2 *vol. in*-4°. *dem. rel.*

Découverte de la Maiſon de Campagne d'Horace, par Capmartin de Chaupy. *Rome*, 1767, 3 *vol. in*-8°. *fig. dem. rel.*

Memoire. B. in 4to

Gesta Caroli. Reclamé par le C. Guyot des herbiers.

Pet. de Ponte. Reclamé par la Bibl. Mazarine.

Hiſtoire de Thucydide, trad. par P. C. Leveſque. *Paris*, 1795, 4 *vol. in*-8°. *br.*

Joan. Nicolai de Sepulchris Hebræorum libri IV. *Lugd. Bat.* 1706, *in*-4°. *fig. v. b.*

La Vie de François de la Noue, dit Bras de Fer, par M. Amirault. *Leide*, 1661, *in*-4°. *vél.*

Opere poſtume di Pietro Giannone, in difeſa della ſua Storia di Napoli. *Palmira*, 1760, 2 *vol. in*-4°. *br.* = Annali memorie ed Huomini illuſtri di San Gimignano, da G. V. Coppi. *In Firenze*, 1795, *in*-4°. *br.*

Pièces fugitives ſur l'Hiſtoire de France. *Paris*, 1759, 3 *vol. in*-4°. *v. m.*

N°. 6. 33 *vol. in*-4°. *in*-8°. & *in*-12.

Deliciæ Italorum Poetarum, Collect. Ranutio Ghero. 1608, 3 *vol. in*-18, *v. f.*

Quinque illuſtrium Poetarum, Ant. Panormitæ, Ramuſii, &c. luſus in Venerem. *Pariſiis*, 1791, *in*-8°. *m. verd, dent.*

Deliciæ Poetarum Gallorum, collect. Ranutio Ghero. 1609, 3 *vol. in*-18, *vél.*

Deliciæ quorumdam Poetarum Danorum collectæ a Frid. Vortgaard. *Lugd. Bat.* 1693, 2 *vol. in*-12, *vél.*

Geſta Caroli Magni Francorum Regis, Poema. (*Pariſiis, circa annum* 1496.) *Opera Jo. Boveri & Guill. Bouchet. in*-4°. *parch.*

Octavii Cleophili poetæ libellus de Cœtu Poetarum. *Pariſiis, de Marnef, in*-4°. *dem. rel. goth.*

Pet. de Ponte Cæci Brugenſis Opera poetica. *Pariſ. in*-4°. *parch.*

* Cet exemplaire contient trois petits poëmes qui ne se trouvent pas dans l'exemplaire de la Bibliothèque Mazarine.

Pacifici Maximi, poetæ Asculani, Opera. *Impressum Fani*, 1506, *per H. Soncinum. in-8°. non relié.*

Achillis Bocchii Symbolicarum quæstionum libri V. *Bononiæ*, 1555, *in-4°. fig. non rel.*

Optima editio & Rara.

Carmina Ethica ex diversis auctoribus & Jo. Audoeni (Owenii) Carmina, collegit Ant. Aug. Renouard. *Parisiis*, 1795, 3 *vol. in-12, br. Pap. Vél.*

Casp. Barlæi Poemata. *Amst. Blaeu*, 1645, 2 *vol. in-18, vél.* = Fred. Dedekendi de Morum simplicitate libri tres. *Lugd. Bat.* 1631, *in-18, br.* = Sidronii Hosschii Opera poetica. *Antverpiæ*, 1656, *in-8°. v. br.*

De Amoribus Pancharis & Zoroæ, poema eroticon. *Parisiis, anno* 6, *in-8°. br.*

La Complainte & Régime de François Guarin, Marchand de Lyon, en vers. *In-4°. goth. non rel.*

Fabulæ selectæ Fontanii e gallico in latinum sermonem conversæ, Auct. J. B. Giraud. *Rothomagi*, 1775, 2 *vol. in-8°. v. m.*

Contes & Nouvelles en vers, par La Fontaine. *Amst.* 1709, 2 *tom. en un vol. in-12, v. b.*

Fig. de Romain de Hooge.

Adonis, poëme, par La Fontaine. *in-8°. non relié.*

Exemp. chargé de notes manuscrits, remarques, &c.

Les Philippiques de la Grange, contre Philippe d'Orléans, Régent; enrichies de figures, de remarques & d'anecdotes très-curieuses & très-intéressantes. *in-8°. br.*

Manuscrit sur vélin.

Les mêmes Philippiques, enrichies de figures, de portraits & de remarques. *in-8°. v. m.*

Manuscrit sur papier.

Achilles Bocchius. M. C

Fred. Dedekindi. Reclamé par la Bibliothèque
Mazarine.

La Complainte. Reclamé par M. Meon

Contes. M. Barrois j. p[#] 10 f.

Adonis. B.

Philippiques. MS. sur Papier. Reclamé par le C. Clavier

La Théorie. Réclamée par Mde d'Argenvi

Essai de Fables, par Didot fils aîné. *Paris, Didot*, 1786, *in*-12, *br. Pap. Vél.* = Épître sur les progrès de l'Imprimerie, par le même. *Paris, Didot*, 1784, *in*-8°. *br. Pap. Vél.*

Temora, poëme épique, par Ossian, trad. de Macpherson par S.-Simon. *Amsterdam*, 1774, *in*-8°. *br.*

Il libro del Perche; la Pastorella del Marino, la Puttana errante di Pietro Aretino. *in*-12, *m. r.*

Exemplaire Imprimé sur Vélin.

Fables & Contes en vers. (Par Merard S.-Just.) *in*-8°. *dem. rel. dos de mar.*

Imprimé sur Vélin.

N°. 7. 28 *vol. in-fol.*, *in*-4°, *in*-8°. & *in*-12.

Métallurgie, trad. de Barba. *Paris*, 1751, 2 *vol. in*-12. *fig. v. m.*

La Théorie du Jardinage, par Roger-Schabol, rédigée par M. d'Argenville. *Paris*, 1774, *in*-12. *m. r. fig. coloriées.*

Epreuve du premier Alphabet droit et penché, ornée de quadres & de cartouches, par L. Luce. *Paris, de l'Imp. Roy.* 1740, *in*-24, *br. Papiers fabriqués avec l'écorce de différens arbres. In*-18, *br.*

Mémoire instructif sur la manière de rassembler, de préparer, de conserver, &c. les diverses curiosités d'Histoire naturelle. *Lyon*, 1758, *in*-8°. *fig. v. éc.*

Opera amorosa de nocturno napolitano, ne la qual se contiene strambotti, capitoli, sonetti, &c. *In Milano*, 1518, *in*-8°. *parch.*

Tutte le opere del Bernia in terza rima. 1545, *in*-8°. *m. bl. l. r.*

Il Vendemiatore di Luigi Tansillo; & la Priapeia di Niccolo Franco. *in*-12. *Pap. d'Holl.*

Stanze amoroſe ſopra gli horti delle donne & in lode della menta. La Caccia d'amore del Bernia. (Compoſte da Luigi Tanſillo.) *In Venetia*, 1574, *in*-12, *fig. v. f.*

* C'eſt, ſous un autre titre, le même poëme que *El Vendemiatore.*

Il libro del Perché, la Paſtorella de Marino, &c. *in*-12, *Pap. d'Holl.* = Vocabolario portatile per la lettura de gli Autori Italiani. *Parigi*, 1768, *in*-12, *v. éc.*

La Geruſalemme liberata di Torquato Taſſo. *Parigi*, *Molini*, 1783, 2 *vol. in*-12, *br. Pap. d'Holl.*

Novelle Galanti in ottava rima, dell' Ab. (Caſti.) *Parigi*, 1793, *in*-12, *v. m.* = Novelle Morali di Fr. Soave. *Parigi*, 1788, *in*-12, *v. m.*

Nyctologues de Platon, trad. par le M. de Saint-Simon. *in*-4°. *v. f.*

Principis chriſtiani Archetypon politicum, auct. Ath. Kirchero. *Amſtelodami*, 1672, *in*-4°. *fig. v. b.*

Mémoire ſur les Moyens de corriger les malfaiteurs & fainéans à leur propre avantage, & de les rendre utiles à l'État, par le vicomte Vilain XIV. *Gand*, 1775, *in*-4°. *fig. Gr. Pap.*

L'Art des Fontaines, c'eſt-à-dire, pour trouver, diſtribuer & conduire les ſources dans les lieux publics, &c. par le P. Jean François. *Rennes*, 1665, *in*-4°. *fig. parch.*

* Curieux & Rare.

Ant. Eximeni de ſtudiis philoſophicis & mathematicis inſtituendis liber. *Matriti*, *ex Typ. Reg.* 1789, *in*-4°. *br.*

Tychonis Brahe Theſaurus obſervationum aſtronomicarum. *in-fol. br.*

Cet ouvrage eſt le commencement de l'édition que l'on devoit donner au Louvre, & qui n'a pas été continuée.

Tychonis Brahe Thes. B.

optique de Smith. m. Barrois j. aott

Lettres, m. Barrois jeune, mtt 10s

essai. m. andry.

iatro sophistae de urinis. M. C. mandry.

De Cantu & Musicâ sacrâ a primâ Ecclesiæ ætate. Auct. M. Gerberto. 1774, 2 *vol. in*-4°. *vél.*

Art de la Papeterie, par Desmarest. *Paris*, 1789, *in*-4°. *br.*

Espargne-Bois, c'est-à-dire, Nouvelle Invention de certains & divers fourneaux artificiels pour épargner une infinité de bois, &c., par Fr. Keslar. *Oppenheim*, 1619, *in*-4°. *fig. parch.*

* Ce livre est curieux à lire & très-Rare.

Traité d'Optique, par le Marquis de Courtivron. *Paris*, 1752, *in*-4°. *bas.*

Traité d'Optique, par Smith. *Paris*, 1767, *in*-4°. *fig. v. m.*

Jo. Fr. Pici Mirandolæ liber de Providentiâ Dei, contra philosophatros. *In-fol. non relié.*

* Livre Rarissime, le seul qui ait été imprimé à Novi, &c.

N°. 8. 46 *vol. in-fol. in*-4°. *in*-8°. *& in*-12.

Cours de Peinture, par de Piles; & autres ouvrages sur le Dessin & la Peinture. *Paris*, 1708, 14 *vol. in*-12, *v. m. & br.*

Recueil de Dissertations sur les Apparitions. *Paris*, 1752, 4 *vol. in*-12, *v. m.*

Lettres sur l'Histoire physique de la terre, par de Luc. *Paris*, 1798, *in*-8°. *br.*

Dictionnaire des Merveilles de la Nature. *Paris*, 1781, 2 *vol. in*-8°. *br.*

Epicteti Manuale & Sententiæ, gr. & lat. curâ Had. Relandi. *Trajecti Bat.* 1711, *in*-4°. *v. b.*

Essai sur les Monnoies, par Dupré de Saint-Maur. *Paris*, 1746, *in*-4°. *dem. rel.*

Introductio ad veram Astronomiam, auct. Joa. Keill. *Oxoniæ*, 1718, *in*-8°. *v. b.*

Iatrosophistæ de Urinis liber singularis, gr. & lat.

Fed. Morellus lat. vertit. *Lutetiæ*, *Morellus*, 1608, *in-12. vél.*

* Editio primaria græco-latina.

Dictionnaire des Origines. *Paris*, 1777, 3 *vol. in-*8°. *baf.*

Le Manuel de l'Imprimeur, par Momoro. *Paris*, 1793, *in-*8°. *fig. br.*

La Science-Pratique de l'Imprimerie, par Fertel. *St. Omer*, 1723, *in-*4°. *fig. v. b.*

La Morale univerfelle. *Amft.* 1776, 3 *vol. in-*8°. *br.*

Procli Sphæra, Ptolemæi de hypothefibus Planetarum liber fingularis, gr. & lat. ex verfione Jo. Bainbridge. *Londini*, 1620, *in-*4°. *vél.*

* Edition recherchée & fort Rare.

Libro de la invencion liberal y arte del juego del Axedrez, compuefta por Ruylopez de Sigura. *En Alcala*, 1561, *in-*4°. *parch.*

* Le plus Rare de tous les livres de jeux.

Jocoferiorum naturæ & artis Centuriæ tres, auct. Afp. Caramuelio. *In-*4°. *fig. v. b.*

Collegium experimentale & curiofum, auct. Jo. C. Sturmio. *Norimbergæ*, 1701, *in-*4°. *fig. v. b.*

Georg. Franci de Frankenau de Palingenefia, five refufcitatione artificiali plantarum, hominum, &c. *Halæ*, 1717, *in-*4°. *dem. rel.*

Mufladini Sadi Rofarium politicum five amœnum fortis humanæ Theatrum, perficè & latinè, a G. Gentio. *Amftel.* 1654. *in-fol. v. b.*

Mémoire pour Melchior Tavernier, graveur-imprimeur en taille douce, dont le père Gab. Tavernier avoit apporté l'art de la taille douce, à Paris, en 1573, &c. *in-*4°. *br.*

* Pièce rare & curieufe pour l'hiftoire de l'art.

Procli sphaera. M. C.

Ioco seriorum Cent. B.

myyladinus. M. Barrois j. ait

Memoires . B

Traité du Tabac . B

abælardus . M. Barois j° 6.... 10.

curiositates . M. Barois j° l..

Mémoires & Instructions pour l'établissement des Mûriers, & Art de faire la Soie en France, par N. Chevalier, & J. B. Le Tellier. *Paris*, 1603, *in-4°. v. f.*

* Livre rarissime & fort curieux.

Traité du Tabac en sternutatoire, par Louis Ferrant. *Bourges*, 1655, *in-4°. non relié.*

Ce traité est rarissime & presque introuvable.

Des Jacintes, de leur Anatomie, Reproduction & Culture. *Amsterdam*, 1768, *in-4°. fig. dem. rel.*

Hortus Sanitatis. *Moguntiæ*, 1491, *in-fol. figures non rel.*

Herbarium Amboinense, auct. Ever. Rumphio. *Amst.* 1741, 4 *tom. en* 2 *vol. in-fol. fig. v. m.*

N°. 9. 50 *vol. in-fol. in-4°. in-8°. & in-12.*

Biblia Sacra. *Parisiis*, *Vitré*, 1652, 8 *vol. in-12. m. n. l. r.*

Sacrorum Bibliorum Concordantiæ, a Franc. Luca. *Coloniæ Agrippinæ*, 1684, *in-8°. v. b.*

Bibliotheca Patrum Apostolicorum græco-latina, auct. Th. Ittigio. *Lipsiæ*, 1699, *in-8°. v. f.* = Ejusdem Ittigii de Bibliothecis & Catenis Patrum Tract. *Lipsiæ*, 1707, *in-8°. v. f.*

P. Abælardi & Heloisæ conjugis ejus Opera, Stud. And. Duchesne. *Parisiis*, 1616, *in-4°. parch.*

Th. a Kempis de Imitatione Christi lib. IV. ex recens. Jos. Valart. *Parisiis*, *Barbou*, 1758, *in-12. v. m.*

Missale Carthusiense. *Impressum Ferrariæ*, *in Monasterio Carthusiensi*, *anno* 1503, *in-fol. v. m. goth.*

Alexandri Aphrodisiei liber de Fato, interprete H. Bagolino. *Veronæ*, 1516, *in-4°. v. f.*

Curiositates inauditæ de Figuris Persarum Talismannicis & Characteribus Cœlestibus Jac. Gaffarelli, cum notis M. G. Michaelis. *Hamburgi*, 1678, 2 *vol. in*-12. *fig. v. éc.*

Dissertation sur la Comparaison des Thermomètres, par Van Swinden. *Amsterdam*, 1778, *in*-8°. *br.*

Voyages dans l'Amérique septentrionale, par Bossu. *Amst.* 1777, *in*-8°. *fig. dem. rel.*

Relation des Isles Pelew, trad. de l'Anglois. *Paris*, 1788, 2 *vol. in*-8°. *fig. v. m.*

Voyage pittoresque de la Flandre & du Brabant, par Descamps. *Paris*, 1769, *in*-8°. *fig. v. m.*

Acta Sanctorum Belgii selecta, stud. Jos. Ghesquieri. *Bruxellis*, 1783, 5 *vol. in*-4°. *dem. rel.*

Dictionnaire raisonné de Diplomatique, par de Vaines. *Paris*, 1773, 2 *vol. in*-8°. *bas.*

Joan. Nyder Consolatorium timoratæ conscientiæ. *in*-4°. *non rel. goth.*

Editio vetus circa annum 1470 excusa (per Ulricum Zel de Hanau.)

Interrogatorium sive Confessionale, per Bartholomeum de Chaimis. *Ratisbonæ*, *Christophorus Valdafer*, (*circa* 1472,) *in-fol. non rel.*

Sermones Sancti Leonis Papæ. *In Firenze*, 1485, *in*-4°. *m. r.*

Fr. Roberti de Litio Opus Quadragesimale. *Venetiis*, *Franciscus de Hailbruna*, 1472, *in*-4°. *parch.*

Præces Piæ cum figuris depictis. *Parisiis*, *Lerouge*, *in*-8°. *v. b.*

Exemp. impressum in Membranis.

Vetus Liturgia Alemannica, stud. M. Gerberti. 1776, 2 *vol. in*-4°. *fig. dem. rel.*

Revelationes Sanctæ Brigittæ. *Nurembergæ*, *Koberger*, 1521, *in-fol. m. r. goth.*

P. Terentii Afri Comœdiæ. *Birminghamiæ*, *J. Baskerville*, 1772, *in*-4°. *en feuilles.*

journal. des savans. M. Barrois j.e 6.e ....

Hist. des celtes. M. Barrois j.e. X.

Memoire. B

Table Chronologique des Diplômes, Chartres, &c. par Brequigny. *Paris*, 1769, 3 *vol. in-fol. br.*

Journal des Savans, les années 1786, 87, 88 & 89. *Paris*, 1786, 4 vol. *in*-4°. *dem. rel.*

Muſeo de las Medallas Deſconocidas Eſpañolas, por D. Vinc. Juan de Laſtanoſa. *En Hueſca*, 1645, *in*-4°. *fig. parch.*

Hiſtoire de l'Art de l'Antiquité, par Winkelmann. *Leipzig*, 1781, 3 *vol. in*-4°. *fig. br.*

N°. 10. 40 *vol. in*-4°. *in*-8°. *& in*-12.

La Vie de Voltaire. *Genève*, 1786, *in*-4°. *br.*

Tableaux topographiques, pittoreſques de la Suiſſe. *Paris*, 1780, *in*-4°. *br.*

Les Tomes I, II, VII, & la Table des Matières.

Hiſtoire de Genève, par Spon. *Genève*, 1730, 2 *vol. in*-4°. *fig. v. f.*

J. Fontanini Hiſtoriæ Aquilejenſis libri V. *Romæ*, 1742, *in*-4°. *v. m.*

Iſtoria della Chieſa, e Citta di Velletri, da Aleſſandro Veſcovo di Nocera. *In Nocera*, 1723, *in*-4°. *baſ.*

Hiſtoires des Celtes, & particulièrement des Gaulois & des Germains, par Pelloutier. *Paris*, 1771, 2 *tom. en un vol. in*-4°. *baſ.*

Mémoires hiſtoriques ſur la ville & ſeigneurie de Poligny. *Lons-le-Saunier*, 1767, 2 *vol. in*-4°. *v. m.*

Deſcription Hiſt. & Géog. de la Haute-Normandie. *Paris*, 1740, 2 *vol. in*-4°. *v. b.*

Pauli II, Pont. Maximi Vita. *Romæ*, 1740, *in*-4°. *vél.*

Memorie della familia Gonzaga, del Conte Stef Sanvitale. *Parma*, 1787, *in*-4°. *br.* = Vita di Luigi Gonzaga ſcritta del P. Ireneo Affo. *Parma*, 1780, *in*-4°. *br.*

Barth. Facii de Viris illuſtribus liber. *Florentiæ*, 1745, *in*-4°. *vél.*

Illuſtrazione di un antico Piombo del Muſeo Borgiano, di Velletri, del P. Ireno Affo. *Parma*, 1790, *in*-4°. *fig. br.* = Memorie di Taddeo Ugoleto Bibliothecario di Mat. Corvino, Re di Ungheria, dal P. Ir. Affo. *Parma*, 1781, *in*-4°. *br.*

Inſtruction Générale pour la Teinture des Laines & Manufactures de Laine de toutes couleurs, & pour la culture des drogues ou ingrédiens qu'on y emploie. *Paris*, 1671, *in*-12, *v. b.* = Cabinet des ſingularités d'Architecture, Peinture, &c. par Florent-le-Comte. *Paris*, 1699, 3 *vol. in*-12, *fig. v. b.*

Nouvelles Recherches ſur la Science des Médailles, par Poinſinet de Sivry. *Maeſtricht*, 1778, *in*-4°. *fig. dem. rel.*

Selecta Numiſmata antiqua Petri Seguini. *Lut. Pariſ.* 1684, *in*-4°. *v. b.*

Vetera humiliatorum Monumenta adnotationibus illuſtrata, auct. H. Tiraboſchio. *Mediolani*, 1766, 3 *vol. in*-4°. *vél. verd.*

Oratio de veterum Inſcriptionum & Monumentorum uſu, legatoque Papenbrockiano, &c. *Lugd. Bat.* 1745, *in*-4°. *fig. br.*

Voyage en Syrie & en Égypte, par Volney. *Paris*, 1787, 2 *vol. in*-8°. *dem. rel.*

Lettres ſur l'Égypte, par Savary. *Paris*, 1785, 3 *vol. in*-8°. *br.*

Le Livre appellé Mandeville, fait & compoſé par Jehan de Mandeville, parle de la Terre de Promiſſion, c'eſt à ſavoir, de Jéruſalem, &c. *Lyon*, 1480, *in-fol. v. b. goth.*

Advis fidelle aux Véritables Hollandois. 1673, *in*-4°. *v. b. fig. de Romain de Hooge.*

Découvertes des François dans la Nouvelle Guinée. *Paris, de l'Imp. Roy.* 1790, *in*-4°. *v. m.*

Selecta Numismata M. Barroisij in M^tr..

Veterum Numismatum. B

~~[illegible]~~ cedées a M. Hughes.

Memoire. M. Barrois j^e. 110^tt

Table des auteurs. M. Barrois j^e a m^t

Table de l'hist. de fleury. M. Lefebvre

Mémoriæ populorum olim ad Danubium, Pontem Euxinum, &c. Incolentium, e ſcript. Hiſtoriæ Byzantinæ erutæ & digeſtæ a. J. Got. Strittero. *Petropoli*, 1771, 4 *vol. in*-4°. *dem. rel.*

N°. 11. 60 *vol. in-fol. in*-4°. *in*-8°. & *in*-12.

Nouvelles Recherches ſur la France. *Paris*, 1766, 2 *vol. in*-12, *v. f.*

Analyſe des Papiers Anglois. 1787, 4 *vol. in*-8°. *dem. rel.*

Hiſtoire de la Sorbonne. *Paris*, 1790, 2 *vol. in*-8°. *dem. rel.*

Hiſtoire Eccléſiaſtique de la cour de France, par Oroux. *Paris*, 1776, 2 *vol. in*-4°. *dem. rel.*

Hiſtoire des Ordres Royaux de Notre-Dame du Mont-Carmel & de S.-Lazare de Jéruſalem, par Gautier de Sibert. *Paris*, 1782, *in*-4°. *br. Gr. Pap.* = Mémoires Hiſt. concernant l'Ordre de S.-Louis. *Paris*, 1785, *in.*-4°. *v. m.*

Table Gén. des Matières de l'Hiſt. Gén. des Auteurs Sacrés & Eccléſiaſtiques de D. Ceillier, par Rondet. *Paris*, 1782, *in*-4°. *dem. rel.*

Table Gén. des Matières de l'Hiſtoire Eccléſiaſtique de Fleury. *Paris*, 1774, *in*-4°. *dem rel.*

Angleterre Ancienne, ou Tableau des Mœurs, Uſages, Armes, Habillemens, &c. Trad. de Strutt. *Paris*, 1789, *in*-4°. *fig. baſ. Tom. I.*

Recherches Hiſtoriques & Critiques ſur la ville de Paris, par Jaillot. *Paris*, 1782, 5 *vol. in*-8°. *veau marbré.*

Hiſtoire de Carauſius, Empereur de la Grande-Bretagne, prouvée par les Médailles. *Paris*, 1740, *in*-4°. *fig. v. m.*

Monumenta Paderbornenſia. *Lemgoviæ*, 1714, *in*-4°. *fig. v. b.*

Histoire de l'Académie Françoise, par Pelisson. *Paris*, 1730, 2 *vol. in*-12, *v. b.* = Hist. de l'Académie des Belles-Lettres, par de Boze. *Paris*, 1740, 3 *vol. in*-8°. *v. éc.*

Histoire du Concile de Trente, trad. de Fra-Paolo Sarpi, par le P. le Courayer. *Amsterdam*, 1726, 2 *vol. in*-4°. *v. b.*

Incipit Cronica summorum Pontificum, Imperatorumque ac de septem ætatibus mundi. Ex S. Hieronymo, Eusebio, &c. excerpta. *Romæ*, *Joan. Schurener de Bopardia*, 1476, *in*-4°. *vél.*

Platina de Vitis Pontificum. *Nurembergæ*, *Koburger*, 1481, *in-fol. m. r. goth.*

Compendio de la Vida y Hazanas del Cardinal Don Franc. Ximenes de Cisneros, por Eug. de Robles. *En Toledo*, 1604, *in*-4°. *parch.*

La Religion des Gaulois, par D. Jacques Martin. *Paris*, 1727, 2 *vol. in*-4°. *fig. v. m.*

Portraits des Grands-Maîtres de l'Ordre de Malte. *in*-4°. *en feuilles.*

Portraits Historiques des Grands-Hommes de Danemarck, par Tycho Hofman. 1746, *in*-4°. *veau écaille. fig.*

Historia Nigræ Silvæ, ord. S. Benedicti Coloniæ, studio Martini Gerberti. 1783, 3 *vol. in*-4°. *fig. dem. rel.*

Historia Religionis veterum Persarum. Auct. Th. Hyde. *Oxonii*, 1700, *in*-4°. *fig. v. b.*

Nouveau Dictionnaire historique. *Caen*, 1783, 8 *vol. in*-8°. *br.*

Histoire du Peuple de Dieu, par le P. Berruyer. *Paris*, *Veuve Pissot*, 1728, 8 *vol. in*-4°. *v. f.* = Instructions de M. l'Évêque de Soissons, & autres Pièces portant condamnation de l'ouvrage ci-dessus. *Paris*, 1760, 4 *vol. in*-4°. *v. m.*

Stultitia K. M. Barroy jo pt

G. N. Herkeny. B. M. Audry

G. N. Herkeny. B. M. Audry

N°. 12. 34 *vol. in-fol. in-4°. in-8°. & in-12.*

De la Sagesse, par Charron. *Paris*, 1604, *in-8°. vél.*

Recherches sur la Nature du feu de l'enfer, par Swinden. *Amsterdam*, 1757, *in-8°. fig. v. m.*

Recherches curieuses sur la diversité des Langues & des Religions. *Paris*, 1661, *in-8°. v. b.*

Car. Linnæi Systema Naturæ. Edit. secunda. *Stockholmiæ*, 1740, *in-8°. br.*

Catalogues des Curiosités de MM. de Fonpertuis, de Boisset, de Lalive, &c. *Paris*, 1747, 4 *vol. in-12. rel. & br.*

La Chasse au Fusil, par Marolles. *Paris*, 1788, *in-8°. br. Papier Fin.*

Stultitiæ Laudatio, Des. Erasmi Declamatio. *Parisiis*, *Barbou*, 1777, *in-12*, *br.*

Essai de Traduction de quelques Epîtres & autres Poésies latines de Mich. de l'Hôpital. *Paris*, 1778, *in-8°. br.* = La Henriade, poëme par Voltaire, 1785, *in-12*, *br.*

Theatrum Fati, sive Notitia scriptorum de Providentiâ, Fortunâ & Fato, auct. P. Fr. Arpe. *Roterodami*, 1712, *in-8°. v. f.*

G. N. Heerkens de Officio Medici, Poema. *Groningæ*, 1752, *in-8°. br.* = Ejusdem Physicorum Epigrammatum Libri V. *Groningæ*, 1783, *in-12*, *broché.*

G. Nic. Heerkens, Icones, Poemata. *Paris.* 1788, *in-8°. br. Pap. d'Holl.*

Opera (Poetica) Pyladis Brixiani. *Mediolani*, 1507, *in-4°. bas.*

Hieronymi Balbi poetæ Epigrammata. *in-4°. m. r. goth.*

Observationes Ecclesiasticæ Jos. Vicecomitis. *Mediolani*, 1615, 4 *tom. rel. en* 2 *vol. in-4°. v. b.*

Della Tarantola o fia Falangio di Puglia. Lezioni Acad. di Fr. Serao. *Napoli*, 1742, *in*-4°. *br.*

Cométographie, ou Traité des Comètes, par Pingré. *Paris*, 1783, 2 *vol. in*-4°. *br.*

Premier Mémoire fur l'Impreffion en Lettres, fuivi de la Defcription d'une nouvelle Preffe, par Aniffon. *Paris*, *Moutard*, 1785, *in*-4°. *fig. br.* = Defcription d'une nouvelle Preffe d'Imprimerie, par Pierres. *Paris*, 1786, *in*-4°. *fig. br. Pap. Vél.*

Differtation Phyfique de Pierre Camper, fur les Différences des Traits du vifage chez les hommes de différens pays, trad. du Holl. *Utrecht*, 1791, 2 *vol. in*-4°. *fig. br.*

Abecedario Pittorico del Pelegrino Ant. Orlandi. *In Venezia*, 1753, *in*-4°. *br.*

La Peinture, Poëme, par Lemierre. *Paris*, *in*-4°. *fig. dem. rel.*

Maximes & Réflexions Morales du Duc de la Rochefoucauld. *Paris*, *Imprimerie Royale*, 1778, *in*-8°. *br.*

Mercurii Trymegifti Liber de Poteftate & Sapientiâ Dei, per Marf. Ficinum traductus. *Parifiis*, 1494, *in*-4°. *non rel. goth.*

Characterum Ethicorum Theophrafti Capita duo, gr. *Parmæ*, *Bodoni*, 1786, *in*-4°. *br.*

Petri Pomponatii Mantuani Opera. *Venetiis*, 1525, *in-fol. goth. v. b.* = Aug. Niphi de Immortalitate Libellus. *Venetiis*, 1521, *in-fol. goth. v. b.*

* Première édition rariffime.

N°. 13. 48 *vol. in-fol. in*-4°. *in*-8°. & *in*-12.

Effai fur la Marine ancienne des Vénitiens, par Vinc. Formaleoni. *Venife*, 1788, *in*-8°. *br.*

Dissertation. M. Barroy jo et

Maximes. M. Barroy jo pt

Essai sur la Marine. B

Les Lyonnois. B

Traité des festins. Mlle Mercier :
Memoires et Discours. B

Relation du Groenland. M. C. ~~Barrois~~. [illegible]

Liber niger. B.

Les Lyonnois dignes de Mémoire. *Lyon*, 1757, 2 *tom. en un vol. in*-8°. *v. m.* - - - - - - -

Avec beaucoup de notes.

Hiſtoire de Jeanne d'Arc, Vierge, Héroïne & Martyre d'État, par Lenglet du Freſnoy. *Paris*, 1753, *in*-12, *br.* - - - - - - -

Traité des Feſtins, par Muret. *Paris*, 1682, *in*-12, *veau brun.* - - - - - - -

Mémoires & Diſcours Politiques ſur la République Batave, par M. de Capellen de Marſch. *Paris*, 1793, *in*-8°. *br. Gr. Pap. d'Holl.* - - - - - - -

* Il n'y en a eu que 25 exemplaires tirés ſur ce papier.

Relation du Groenland, par La Peyrere. *Paris*, 1647, *in*-8°. *v. f.* - - - - - - -

* Curieux & Rare.

Obſervations de M. l'Abbé Cavanilles, ſur l'article Eſpagne de la Nouvelle Encyclopédie. *Paris*, 1784, *in*-8°. *br. Gr. Pap.* - - - - - - -

Th. Sprotti Chronica. Edid. Th. Hearnius. *Oxonii*, 1719, *in*-8°. *dem. rel.* = Th. de Elmham Vita & Geſta Henrici quinti, Anglorum Regis. *Oxonii*, 1727, *in*-8°. *v. b.* - - - - - - -

Guill. Neubrigenſis Hiſtoria ſive Chronica rerum Anglicarum. Edid. Th. Hearnius. *Oxonii*, 1719, 2 *vol. in*-8°. *v. m.* - - - - - - -

Antonini iter Britanniarum cum Comment. Th. Gale. *Londini*, 1709, *in*-4°. *v. f.* - - - - - - -

Liber Niger Scaccarii nec non Will. Worceſtrii Annales rerum Anglicarum. *Londini*, 1771, 2 *vol. in*-8°. *v. f.* - - - - - - -

Diſſertazioni, Lettere, &c. del Padre Ant. M. Lupi. *In Faenza*, 1785, *in*-4°. *fig. dem. rel.* = Giſleberti Chronica Hannoniæ. *Bruxellis*, 1784, *in*-4°. *dem. rel.* - - - - - - -

Recentiores Poetæ Latini & Græci ſelecti, curis Joſ. Oliveti. *Lugd. Bat.* 1743, *in*-8°. *v. m.*

Avec beaucoup de notes.

Poemata Moralia, ſcilicet, Tobias cum commento. = Catho, cum commento. *Cadomi.* = Theodulus, cum commento. *Cadomi*, 1509. = Facetus, cum commento. *Rothomagi.* = Floretus, cum commento. *Rothomagi*, 1507. = Fabulæ Æſopi, cum commento. *Cadomi*, 1512. = Parabolæ Alani, cum commento. *Cadomi*, 1508. = Liber de Contemptu Mundi. *Cadomi*, in-4°. *vél. goth.*

De la Monarchie Pruſſienne, par Mirabeau. *Londres*, 1788, 4 *vol. in*-4°. & *Atlas in-fol. br.*

Jo. Dan. Schoepflini Vindiciæ Celticæ. *Argentorati*, 1754, *in*-4°. *v. b.*

Mémoires ſur l'Hiſtoire Eccléſ. & Civile de la Ville d'Auxerre, par l'Abbé Lebeuf. *Paris*, 1743, 2 *vol. in*-4°. *v. m.*

De l'Uſage des Statues chez les Anciens. *Bruxelles*, 1768, *in*-4°. *fig. v. m.*

De Nola Opuſculum. *Venetiis*, 1514, *in-fol. fig. veau brun.*

Méthode pour étudier l'Hiſtoire, par Lenglet-Dufreſnoy. *Paris*, 1729, 6 *vol. in*-4°. *v. b. Gr. Pap.*

Gaſp. Schotti Mechanica Hydraulico-pneumatica, &c. *in*-4°. 1658. = Organum Mathematicum. *Herbipoli*, 1668, *in*-4°. = Thecnica Curioſa. *Norimbergæ*, 1664, *in*-4°. = Phyſica Curioſa. *Herbipoli*, 1662, 2 *vol. in*-4°. = Magia univerſalis, *Herbipoli*, 1657, 4 *vol. in*-4°. = Pantometrum Kircherianum. *Herbipoli*, 1665, *in*-4°. = Schola Steganographica. *Norimbergæ*, 1665, *in*-4°. = Matheſis Cæſarea. *Herbipoli*, 1662, *in*-4°. = Anatomia Phyſico-hydroſtatica. *Herbipoli*, 1663,

…age des statues . M. Barrois je. 6 ₶

Notice raisonnée. B.

observations. M. Audry

Tabula Plantarum. M. Audry

astronomi veteres. inst.

Angelus Cato. B.

in-8°. *v. b.* = P. Gasp. Schotti Cursus Mathematicus. *Herbipoli*, 1661, *in-fol. v. m.*

Notice Raisonnée des Ouvrages de Gasp. Schott, Jésuite, par le Cit. Mercier. *Paris*, 1785, *in*-8°. *br.*

Cet exemplaire est considérablement augmenté & corrigé. Il étoit destiné à l'impression.

N°. 14. 43 *vol. in-fol. in*-4°. *in*-8°. *& in*-12.

Œuvres Philosophiques de M. F. Hemsterhuis. *Paris*, 1792, 3 *vol. in*-8°. *br.*

Mêlanges d'Histoire & de Littérature, par Vigneul de Marville. *Paris*, 1699, *in*-12, *v. b.* = Les mêmes. *Paris*, 1740, 3 *vol. in*-12, *v. b.*

Avec des Notes par MM. de la Monnoie & Mercier.

Observations sur le Vol des Oiseaux de Proie, par Huber. *Genève*, 1784, *in*-4°. *dem. rel.*

Tabula Plantarum Fungosarum, auct. J. J. Paulet. *Parisiis*, *e Typ. Reg.* 1791, *in*-4°. *fig. br.*

Pauli Orosii Historiæ, cum notis Sigeb. Havercampi. *Lugd. Bat.* 1738, *in*-4°. *v. f.*

Le Grand-Maréchal, où il est traité de la parfaite connoissance des chevaux, avec l'Anatomie du Ruyni. *Paris*, 1667, *in-fol. fig. v. b.*

L'Art de monter à Cheval, par Eisenberg. *La Haye*, 1737, *in-fol. obl. fig. de Bern. Picart*, *v. b.*

École de Cavalerie, par La Guerinière. *Paris*, 1733, *in-fol. fig. v. f.*

Rich. Suiseth Anglici Calculator. *Venetiis*, 1520, *in fol. m. r. goth.*

Recueil des Figures dessinées par le Régent, pour le Daphnis & Chloé. *in*-4°. *en feuilles.*

Astronomi veteres. *Venetiis*, *Aldus*, 1499, *in-fol. v. b.*

Prima editio rara.

Angelus Cato Supinas de Benevento judicium de

Cometa an. 1472. *Prima Marcy*, M. CCCC. LXXII. *In-4°. rel. en peau.*

* Prima editio rariſſima.

Bruckeri Hiſtoria Critica Philoſophiæ. *Lipſiæ*, 1742, 5 *vol. in-4°. v. m.*

Mémoires de l'Académie des Sciences, années 1746 & 1787, 2 *vol. in-4°. v. m. & br.*

Table de l'Académie des Sciences de Paris, par Rozier. *Paris*, 1775, 4 *vol. in-4°. v. m.*

Mémoires de l'Académie des Inſcriptions, les tomes 11, 16, 17, 22, 33, 42, 43, 44, 45 & 46, 10 *vol. in-4°. v. m. & br.* = Tableau Raiſonné des Ouvrages contenus dans les Mémoires de l'Académie des Inſcriptions, &c. *Paris*, 1791, *in-4°. br.*

Notices & Extraits des MSS. de la Bibliothèque du Roi. *Paris*, *Imp. Roy.* 1787, 3 *vol. in-4°. v. m. & broché.*

Characterum Ethicorum Theophraſti capita duo, hactenus anecdota. gr. & latin. ſtud. Jo. Chriſt. Amadutii. *Parmæ*, *Bodoni*, 1786, *in-4°. m. r.*

N°. 15. 50 *vol. in-fol. in-4°. & in-8°.*

Recueil de treize Pièces ſur l'Ordre de Malte. *In-4°. & in-8°.*

Réflexions ſur l'Alphabet de Palmyre, par Barthelemy. *Paris*, 1754, *in-4°. fig. br.* = Diſſertation ſur une Inſcription grecque, par le même. *Paris*, 1792, *in-4°. fig. br.*

Chriſt. Saxii de Henrico Eppendorpio Commentarius. *Lipſiæ*, 1745, *in-4°. br.* = G. Ferrarii de inſigni ſingularique Sicario Narratio. *In-4°. br.*

B. Bonifacii Hiſtoria Ludicra. *Bruxellæ*, 1656, *in-4°. veau brun.*

memoires academie des inscrip. m. veglin. 10#

Reflexions. M. Audry

Théâtre de Sophocle, trad. par Dupuis. *Paris*, 1773, *in*-4°. *v. m.*

Petri d'Ebulo Carmen de Motibus Siculis. *Basileæ*, 1746, *in*-4°. *fig. bas.*

Le Nuvole di Aristofano, Comedia, gr. ital. in versi, operâ di G. Bat. Terucci. *In Firenze*, 1754, *in*-4°. *broché.*

Anthologia veterum latinorum Epigrammatum, curâ P. Burmanni. *Amstelodami*, 1759, *in*-4°. *v. porph.*

Mémoires sur l'Égypte ancienne & moderne, par d'Anville. *Paris*, *Imp. Roy.* 1766, *in*-4°. *br.*

Origine de tous les Cultes, par Dupuis. *Paris*, *l'an 3*, 4 *vol. in*-4°. *fig. br.*

Hugonis Grotii Epistolæ. *Amst.* 1687, *in-fol. v. f.*

Combattimento spirituale del P. Lor. Scupoli. *Parigi*, 1660, *in-fol. m. r.*

Bibliothèque Historique de la France, par Lelong, publ. par Fontette. *Paris*, 1768, 5 *vol. in-fol. vél.*

Avec des notes manuscrites.

Recueil général des Pièces obsidionales & de nécessité, avec les Monnoies des Barons, par Tobiesen Duby. *Paris*, 1786, 3 *vol. in*-4°. *fig. veau marbré.*

Dictionnaire Historique & Critique, par Bayle. *Amst.* 1730, 4 *vol. in-fol. v. m.*

Dictionnaire Historique, par Prosper Marchand. *La Haye*, 1758, *in-fol. vél.*

Nouveau Dictionnaire Historique & Critique, par Chauffepié. *Amst.* 1750, 4 *vol. in-fol. br.*

Remarques Critiques sur le Dictionnaire de Bayle, par Joli. *Paris*, 1748, *in-fol. v. b.*

M. Annæi Lucani editionum & versionum Elenchus, ex edit. Parisinâ anni 1795, excerpt. *Paris. Didot*, 1795, *in-fol. br. Pap. Vél.*

M. Annæi Lucani Pharſalia. *Pariſiis*, *Didot*, 1795, *in-fol. br. Pap. Vél.*

P. Virgilii Maronis Opera. *Pariſiis*, *Didot*, 1791, *in-fol. br. Pap. Vél.*

Édit. tirée à 100 exemplaires.

N°. 16. 50 *vol. in-fol. in-4°. in-8°. & in-12.*

Inſtitution d'un Prince, par Duguet. *Londres*, 1750, 4 *vol. in-12, v. m.*

Recherches Chymiques ſur l'Étain, par Bayen & Charlard. *Paris*, 1781, *in-8°. br.*

Tragédies d'Eſchyle, trad. par Pompignan. *Paris*, 1770, *in-8°. v. m.* = Mêlanges de Traductions, par le même. *Paris*, 1779, *in-8°. v. m.*

Le Penſer de royale Mémoire, en vers françois. *Paris*, *Jean Delagarde*, *in-4°. v. m. goth.*

Recueil A — &c. *Fontenoy*, 1745, 12 *vol. in-12. veau marbré.*

Hiſtoire de la Ville & du Diocèſe de Paris, & autres Ouvrages de l'Abbé Lebeuf. *Paris*, 1754, 21 *vol. in-12, v. m.*

Hiſtoire du Concile de Conſtance, par Lenfant. *Amſterdam*, 1727, 2 *vol. in-4°. v. m.*

Joannis Pici Mirandulæ Opera. 1506, *in-fol. v. f.*

L'Art de vérifier les Dates. *Paris*, 1770, *in-fol. veau marbré.*

Hiſtoria Eccleſiæ Pariſienſis, auct. Dubois. *Pariſiis*, 1690, 2 *vol. in-fol. v. b.*

Neuſtria Pia, ſeu de omnibus & ſingulis Abbatiis, & Prioratibus totius Normaniæ, auct. Dumonſtier. *Rothomagi*, 1663, *in-fol. v. b.*

Hiſtoire de Béarn, par de Marca. *Paris*, 1640, *in-fol. v. b.*

Capitularia Regum Francorum, colleg. Steph. Baluzius. *Paris*, 1780, 2 *vol. in-fol. v. éc. Ch. Mag.*

Historia Ecclesiae. M. Audry

Trois contes moraux. impr.

l'Expedition. impr.

fabliaux. Reclamé par le Cit. Chardin

Le Castoiement. Reclamé par le Cit. Chardin

Le Cérémonial François, par Godefroy. *Paris*, 1649, 2 *vol. in-fol. v. b.*

De Vita & rebus gestis Mariæ Scotorum Reginæ; edid. Sam. Jebb. *Londini*, 1725, 2 *vol. in-fol. veau brun.*

Novus Thesaurus Antiquitatum Romanarum, congestus ab Henr. de Sallengre. *Hag. Com.* 1716, 3 *vol. in-fol. v. b.*

Sacræ Antiquitatis Monumenta, collect. C. H. Hugo. *Stivagii*, 1725, *in-fol. v. b.*

Histoire critique de la Pyramide de Caïus Cestius, par l'Abbé Rive. *Paris*, *Didot*, 1787, *in-fol. br. en cart. fig. en noir.*

Catalogo de gli Antichi Monumenti di Ercolano, composto da Ant. Bayardi. *In Napoli*, 1755, *in-fol. v. m.*

Trois cents Meubles antiques, ou Fragmens en or, argent, bronze & marbre, trouvés à Herculanum, & conservés à Portici, qui n'ont point été publiés. *In-fol. fig. superbe reliure en mar. à compartimens.*

Ce volume est de même format que les Antiquités d'Herculanum.

N°. 17. 58 *vol. in-fol. in-4°. in-8°. & in-12.*

Traité curieux de l'Astrologie Judiciaire, par C. Pithoys. *Sedan*, 1641, *in-12, v. éc.*

L'Expédition des Argonautes, trad. d'Apollonius de Rhodes, par Caussin. *Paris*, *l'an V*, *in-8°. br.*

Fabliaux & Contes des Poëtes François des XII, XIII, XIV & XVe siècles. *Paris*, 1756, 3 *vol. in-12, v. m.*

Le Castoiement, ou Instruction du Père à son Fils. *Paris*, 1760, *in-12, v. m.* = L'orden de Chevalerie. *Paris*, 1759, *in-12, v. m.*

Commentaire, en vers françois, sur l'Ecole de Salerne. *Paris*, 1680, *in*-12, *v. b.*

Avec des notes.

Bibliotheca Critica. *Amstelodami*, 1779, 5 *vol. in*-8°. *br.*

Les Nuits Attiques d'Aulugelle, trad. par de Verteuil. *Paris*, 1789, 3 *vol. in*-12, *br.*

Tableau de l'Esprit & du Caractère des Littérateurs François. *Paris*, 1785, 4 *tom. rel. en* 2 *vol. in*-8°. *bas.*

Querelles Littéraires, par Irail. *Paris*, 1761, 4 *tom. en* 2 *vol. in*-12, *v. m.*

Œuvres de M. de Pompignan. *Paris*, 1784, 4 *vol. in*-8°. *br.*

Collection des meilleurs Ouvrages françois, composés par des femmes. *Paris*, 1786, 10 *vol. in*-8°. *br.*

De Metallicis Libri tres, And. Cæsalpimo auct. *Romæ*, 1596, *in*-4°. *parch.*

Sexti Jul. Frontini de Aquæductibus urbis Romæ Commentarius, Stud. Jo. Poleni. *Patavii*, 1722, *in*-4°. *fig. vél.*

Anthologia veterum Latinorum Epigrammatum & Poematum, curâ Pet. Burmanni. *Amstel.* 1759, 2 *vol. in*-4°. *br.* Avec des notes.

Ballet comique de la Reine, fait aux noces du Duc de Joyeuse. *Paris*, 1582, *in*-4°. *fig. parch.*

Trésor de la Philosophie des Anciens, pour la connoissance des Métaux & Minéraux, pour parvenir à la perfection du Grand Œuvre. *Cologne*, 1693, *in-fol. fig. v. b.*

Themistii Orationes, gr. & lat. ex vers. Dion. Petavii. *Parisiis*, *e Typ. Reg.* 1684, *in-fol. br. Ch. Mag.*

Reconciliationis

Bibliotheca critica. B.

Essai de la Philosophie. M. Audry

Ainsi. M. Barrès, je

Reconciliationis volumen, græcè, in quo novem Græcorum adverſus latinos Opera continentur. *In Moldaviæ Urbe Principe*, 1698, *in-fol. vél.* . . .

Oriens Chriſtianus, ſtudio Mich. Le Quien. *Pariſiis*, 1740, 3 *vol. in-fol. br.* . . . .

Gallia Chriſtiana, in Provincias Ecclèſiaſticas diſtributa. Studio Dion. Sammarthani. *Pariſiis*, 1715, 13 *vol. in-fol. v. b.* & *br.* . . . . . .

N°. 18. 40 *vol. in-fol. in-4°. in-8°.* & *in-12.*

Breviarium Pariſienſe. *Pariſiis*, 1745, 4 *vol. in-12, mar. noir.* . . . .

Breviarium Pariſienſe. *Pariſiis*, 1791, 2 *vol. in-4°. en feuilles.* . . . .

Præces Piæ. *in-4°. v. b.* . . . .

Codex *MS.* in membranis, cum figuris depictis.

Summa edita a S. Thomâ de Aquino de Articulis fidei. *in-4°. Editio vetus circa* 1475 *edita.* = De Defectibus occurrentibus in Miſſâ. *Editio vetus circa* 1475 *edita. In-4°. dem. rel.*

Hiſtoire de la Sainte-Chapelle de Paris, par Morand. *Paris*, 1790, *in-4°. fig. br.*

Traité des Conformités du Diſciple avec ſon Maitre, c'eſt-à-dire de Saint-François avec Jeſus-Chriſt. *Liége*, 1658, 2 *tom. en* 1 *vol. in-4°. baſ.* . . . . .

Memorie de Gran Maeſtri del Ordine Geroſolimitano. *Parma*, *Bodoni*, 1780, 3 *vol. in-4°. br.* .

Eſſai ſur l'Hiſtoire de Provence. *Marſeille*, 1785, 4 *vol. in-4°. br.* . . . .

G. Paſchii de Novis Inventis Tractatus. *Lipſiæ*, 1700, *in-4°. v. b.* . . . .

Chriſt. Druthmari Expoſitio in Mathæum Evangeliſtam. *Argentorati*, *Grunigerus*, 1514, *in-fol. goth. non rel.*

* Première édition Rariſſime.

Speculum decem Præceptorum Dei Fratris Henr. Herp. *Moguntiæ*, 1474, *in-fol. baſ.*

Il manque trois feuillets à la fin.

Theſaurus Sacrarum Hiſtoriarum veteris Teſtamenti elegant. imaginibus expreſ. 1635, *in-fol. oblong, fig. v. b.*

Hier. Pradi, & Jo. Bapt. Villalpandi in Ezechielem Explanationes. *Romæ*, 1596, 3 *vol. in-fol. v. f.*

Stephani Baluzii Miſcellanea novo ord. digeſta, ſtudio dom. Manci. *Lucæ*, 1761, 4 *vol. in-fol. dem. rel.*

Iſidori Hiſpalenſis Opera. *Venetiis*, 1483, *in-fol. baſanne.*

Dictionnaire Géographique des Gaules & de la France, par Expilly. *Paris*, 1762, 5 *vol. in-fol. br.*

Hiſtoire du Concile de Trente, trad. de l'italien par le Courayer. *Londres*, 1736, 2 *vol. in-fol. v. m. Gr. Pap.*

Olavi Rudbeckii Atlantica, ſive Manheim. *Upſalæ*, *in-fol. vél.* Tom. Ier.

Académie des Sciences & des Arts, par Bullart. *Amſt.* 1682, 2 *tom. en* 1 *vol. in-fol. v. b.*

Le Parnaſſe François, par Titon du Tillet. *Paris*, 1732, 2 *vol. in-fol. v. m. fig. Gr. Pap.*

N°. 19. 47 *vol. in-fol. in-4°. &c.*

Dos Tradados, el primero del Papa, y de su autoridad, el segundo es de la Missa; su autor (Caſſiodoro de Reyna). 1599, *in-8°. v. f.*

Rare.

.Pradus. m. Barrois je. ae#

beckius. m. Barrois je. 6# 10s.

Le Passe-partout de l'Église romaine, par Ant. Gavin. *Londres*, 1726, 3 *vol. in*-12, *v. br.*

Traité historique & critique des principaux signes qui servent à manifester les pensées, par A. Costadau. *Lyon*, 1720, 7 *vol. in*-12, *v. br.*

M. Val. Martialis Epigrammata. *Lugd. Gryphius*, 1547, *in*-8°. *v. f. Exemplaire avec beaucoup de notes.* = Ejusdem Martialis Epigrammata. *Sedani*, 1624, *in*-12, *v. br.*

Hyppolytus redivivus, id est Remedium contemnendi sexum muliebrem. 1644, *in*-12, *m. cit.*

Petronii Satyricon. *Amstel.* 1677, *in*-24, *broc.* = Phædri Fabulæ. *Aureliæ*, 1773, *in*-24, *br.*

Caroli Ogerii Ephemerides, sive iter Danicum, Suecicum & Polonicum. Accedunt Nic. Borbonii ad eumd. Epistolæ hactenus ineditæ. *Lut. Paris.* 1656, *in*-12, *v. br.*

Histoire des Anabaptistes. *Amst.* 1720, *in*-12, *fig. v. b.*

Galerie de l'ancienne Cour, ou Mémoires sur les règnes de Louis XIV et de Louis XV. 1786, 3 *vol. in*-12, *v. m.*

Anecdotes des Reines & Régentes de France. *Amst.* 1776, 6 *vol. in*-12, *br.*

Alciphron or the minute Philosopher. *London*, 1732, *in*-8°. *v. br.*

De l'Éloquence & des Orateurs anciens & modernes, par Ferry. *Paris*, 1789, *in*-8°. *br.*

Manuel Lexique, par l'abbé Prevost. *Paris*, 1755, 2 *vol. in*-8°. *v. m.*

M. Fabii Quintiliani Declamationes. *Lutetiæ*, 1580, *in*-8°. *v. f.*

Quinque illustrium Poetarum, Ant. Panormitæ, Ramusii, &c. Lusus in Venerem. *Paris.* 1791, *in*-8°. *br.*

Avec des notes manuscrites.

La Vie, Faits, Passion, Mort, Résurrection & Ascension de N. S. Jésus-Christ, mis en vers françois héroïques, par Michel Foucqué. *Paris*, 1579, *in*-8°. *v. m.*

Les Satyres du sieur de Courval, contre les abus & désordres de la France. *Rouen*, 1627, *in*-8°. *v. f.*

Lettres sur l'Islande, traduites du Suédois de Troil. *Paris*, 1781, *in*-8°. *fig. v. m.* = Lettre au Docteur Maty, sur les Géans Patagons. *Brux.* 1767, *in*-12, *dem. rel.*

Hadriani de verâ Philosophiâ libri quatuor. Curâ Bened. Passionei. *Romæ*, 1775, *in*-4°. *v. m.*

Œuvre de Jean Holbein, contenant le Triomphe de la Mort, par Chrétien de Méchel. *Basle*, 1780, *in-fol. fig. en feuilles.*

S. Gregorii Nazianzeni Opera, gr. & lat. stud. Mon. Ord. S. Benedicti. *Parisiis*, 1788, *in-fol. Ch. Mag. en feuilles, tom.* 1er.

Conciliorum Galliæ Collectio. *Paris. Didot*, 1789, *in-fol. en feuilles, tome* 1er.

N°. 20, 130 *vol. in-fol. in*-4°. *&c.*

Cacophalus, sive de Plagiis Opusculum, auct. Jac. Sallier. *Matiscone*, 1694, *in*-12, *v. b.* = Bibliotheca Chimica, seu Catal. libr. Philosophicorum Hermeticorum, &c. auct. Pet. Borellio. *Parisiis*, 1654, *in*-12, *v. br.*

Gerardi Heerkens Clessemerii Notabilium libri IV. *Groningæ*, 1765, 2 *vol. in*-12, *br.*

Avec des notes manuscrites.

Sorberiana. *Paris*, 1695, *in*-12, *v. b.* = Valesiana, ou Pensées critiques, &c. de M. Valois. *Paris*, 1694, *in*-12, *v. b.*

Avec des notes manuscrites.

ettres. M. Barrois j. [illegible]

Ger. Herkens. B

Regimen sanitatis. B.

vies des peres. m. Barrois j. hm^tt

C. Sallustius. M. C.

antiquitates. m Barrois j. ~~[illegible]~~ M. caillard

Variétés sérieuses & amusantes, par Sablier. *Paris*, 1769, 4 *vol. in*-12, *v. m.*

Recueil de divers Ouvrages en prôse & en vers, par le P. Bouhours. *Paris*, 1741, 4 *vol. in*-12, *veau écail.*

Regimen Sanitatis Salerni, sive Scholæ Salernitanæ de conserv. bonâ Valetudine Præcepta. Edid. Jo. Ch. Gottl. Ackermann. *Stendal.* 1790, *in*-8°. *br.*

Vies des Pères & des Martyrs, trad. par Godescard. *Paris*, 1783, 12 *vol. in*-8°. *v. m.*

C. Crispi Sallustii belli Catilinarii & Jugurt. Historiæ. *Edimburgi, Guill. Ged, Aurifaber Edinensis, non typis mobilibus, ut vulgò fieri solet, sed tabellis, seu laminis fusis excudebat*, 1739, *petit in*-12, *br.*

On trouve à la tête de ce Volume la note suivante, tirée des Mêlanges Littéraires d'Edimbourg, imprimés par Jacq. Liwald, Tome XIV, page 450; C'est un exposé fait par M. Ged, de son procédé pour imprimer en masse (Block printing), lequel exposé fut dicté par lui-même quelque temps avant sa mort pour la satisfaction de ses amis. Ce fut en 1725 qu'il eut la première idée de son invention, &c.

Journal d'Henri IV, par de l'Estoile. *La Haye*, 1741, 4 *vol. in*-8°. *br.*

Analecta medii ævi ad illustranda Jura & Res Germanicas. Edid. Dom. Haeberlin. *Norimbergæ*, 1764, *in*-8°. *br.*

Histoire d'Élisabeth, Reine d'Angleterre, par Mademoiselle de Kéralio. *Paris*, 1786, 5 *vol. in*-8°. *veau marb.*

Constitution de l'Angleterre. *Amsterdam*, 1774. = Lettres sur l'Origine des Sciences, par Bailly. *Paris*, 1777, *in*-8°. *dem. rel.*

Antiquitates selectæ, Septentrionales & Celticæ, auct. Keysler. *Hannoveræ*, 1720, *in*-8°. *fig. v. m.*

Hiſtoire Monétaire des Pays-Bas, par Gheſquière. *Bruxelles*, 1786, *in*-8°. *fig. br.*

Nouveau Dictionnaire Hiſtorique. *Caen*, 1779, 12 *vol. in*-8°. avec notes manuſcrites.

L'Eſprit des Journaux, années 1779 — 1782, 48 *vol. in*-12, *br.*

Magaſin Encyclopédique, ou Journal des Sciences, des Lettres & des Arts, par Millin, depuis le commencement. *in*-8°. *br.*

Jo. L. Mosheim Inſtitutiones Hiſtoriæ Eccleſiaſticæ. *Helmeſtadii*, 1764, *in*-4°. *v. m.*

Jo. Mich. Heineccius de veteribus Sigillis Germanorum aliarumque Nationum. *Francof.* 1709, *in-fol. fig. v. br.*

Gallia Chriſtiana. *Pariſ.* 1731, 2 *vol. in-fol. rel. & br.* Les tom. V & XI.

Des Cartes Géographiques & quelques Eſtampes qui ſeront détaillées.

N°. 21. 56 *vol. in-fol. in*-4°. *&c.*

La Bibliothèque choiſie de Colomiés. *Paris*, 1731, *in*-12, *v. m.* = Bibliotheca Chymica. 1727, *in*-12, *dem. rel.*

Singularités Hiſtoriques & Littéraires. *Paris*, 1738, 4 *vol. in*-12, *v. m.*

Adumbratio Eruditorum Baſilienſium meritis apud exteros olim hodieque celebrium. *Baſileæ*, 1780, *in*-8°. *v. m.*

Della Tipografia Ferrareſe dall' anno 1471, al 1500. Saggio Litter. dell' Abate Baruffaldi. *In Ferrara*, 1777, *in*-8°. = Bern. de Roſſi de Typographia Hebræo-Ferrarienſi Comment. Hiſt. *Parmæ*, 1780, *in*-8°. = Saggio Storico-critico ſulla Typografia Mantuana del ſecolo XV. di Cam. Volta. *In Vinegia*, 1786, *in*-4°. *&c.* Et autres Pièces ſur

Histoire monetaire. B

l'Esprit des journaux. années 1781 et 82. B.

einecciu, m Barrois j. x[tt]

Adumbratio. B.

Della tipografia. M. Audry

Acta Litteraria. B.

Catalogus Roman. &c. B.

l'Imprimerie, en tout au nombre de huit, br. & avec notes manuscrites.

Acta Litteraria Bohemiæ & Moraviæ. Recensuit Ad. Voigt. *Pragæ*, 1775, 2 *vol. in*-8°. *dem. rel.* = Conspectus Reipublicæ Litterariæ, a C. Aug. Heumanno. *Hanoveræ*, 1746, *in*-8°. *bas.*

Histoire Littéraire de Genève, par J. Senebier. *Genève*, 1786, 3 *vol. in*-8°. *dem. rel.* = Catalogue des Manuscrits de la Bibliothèque de la ville de Genève, par le même. *Genève*, 1779, *in*-8°. *br.*

Bibliotheca Menckeniana quæ auct. præc. Græcos & Latinos, &c. complectitur, auct. Burch. Menckenio. *Lipsiæ*, 1723, *in*-8°. *vél.*

Catalogo della Libreria Capponi. *In Roma*, 1747, *in*-4°. *bas.*

Descriptions des Livres curieux de la Bibliothèque de l'Université de Tubinge, par J. D. Reuss, en Allemand. *Tubinge*, 1780, *in*-8°. *br.* = Pfeiffer sur la Connoissance des vieux Livres, en Allemand. *Hoff*, 1783, 3 *vol. in*-8°. *br.*

Catalogus selectissimæ Bibliothecæ Nic. Rossi. (Auct. Jo. Christ. Amadutio.) *Romæ*, 1786, *in*-8°. *br.*

Bibliotheca Pinelliana. *Londini*, 1789, *in*-8°. *br.* = Museum Meadianum, sive Catalogus Nummorum Richardi Mead. *Londini*, *in*-8°. *v. m.*

Bibliotheca Croftsiana. *Londini*, 1783, *in*-8°. *br.* = Bibliotheca Parisina. *Parisiis*, 1790, *in*-8°. *v. éc.*

Index Librorum ab inventâ Typographiâ ad annum 1500, auct. Fr. Xav. Laire. *Senonis*, 1791, 3 *vol. in*-8°. *br.* cum Prætiis.

Disquisitio de inclyto Libro poetico, *Theuerdanck*. auct. Jo. Dav. Koelero. *Altdorfii*, 1737, *in*-4°. *vél.*

Specimen Historicum Typographiæ Romanæ, operâ D. Fr. Xaver. Laire. *Romæ*, 1778, *in*-8°. *br.*

Catalogus Historico-criticus Romanarum Editionum

fæculi XV, auct. Fr. Jo. Bapt. Audiffredi. *Romæ*, 1783, *in*-4°. *br*.

Avec beaucoup de Notes.

Venetiarum Pugilatus.

Belle Eftampe, gravée en 1676, imprimée fur vélin. Elle a été préfentée à Louis XIV à qui elle eft dédiée : elle eft dans un étui de maroquin.

Journal général de France, années 1787 — 1791, 6 *vol. in*-4°. *dem. rel.*

Specimen variæ Litteraturæ quæ in urbe Brixia paulò poft Typographiæ incunabula florebat. *Brixiæ*, 1739, *in*-4°. *parch.*

J. Alb. Fabricii Delectus Argumentorum & Syllabus Scriptorum qui veritatem Religionis Chriftianæ adverfus Atheos, Epicureos, Deiftas, &c. lucubrationibus fuis afferuerunt. *Hamburgi*, 1725, *in*-4°. *v. f.*

Bibliotheca Auguftiniana, auct. Offinger. *Ingolftadii*, 1768, *in-fol. v. m.*

Bibliotheca Carmelitana, auct. Devilliers a. S. Stephano. *Aurelianis*, 1752, 2 *tom. en un vol. in-fol. veau marbré.*

Bibliothèque des Auteurs de Bourgogne, par l'abbé Papillon. *Dijon*, 1745, 2 *vol. in-fol. v. m.*

Catalogus Codicum Manufcriptorum Bibliothecæ Mediceæ Laurentianæ, ftudio Ang. Mar. Bandinii. *Florentiæ*, 1778, *in-fol. br.* tom. V.

Della Storia e della Ragione d'ogni Poefia di Fr. Saverio Quadrio. *In Bologna*, 1739, 7 *vol. in*-4°. *veau marbré.*

N°. 22. 81 *vol. in-fol. in*-4°. *&c.*

Catalogo della Biblioteca Maltefe. *In*-12, *br.* = Confeils pour former une Bibliothèque hiftorique de la Suiffe, par Haller. *Berne*, 1771, *in*-8°. *br.*

joach. fortii, &c. B.

=Catalogus Librorum Rariſſimorum Bibliothecæ Rapſianæ. 1786, *in*-8°. *br.*

Bibliothèque Hiſtorique & Critique du Poitou, par Dreux du Radier. *Paris*, 1754, 5 *vol. in*-12. *v. m.*

Hiſtoire Littéraire des Troubadours, par Millot. *Paris*, 1774, 3 *vol. in*-12, *dem. rel.*

Joach. Fortii, Deſid. Eraſmi, A. Mureti, &c. Commentationes de Ratione Studii, curâ Laur. Moſhemii. *Harderovici Gelrorum*, 1786, *in*-8°. *br.*

Enſayo de una Bibliotheca Eſpañola de las mejores Eſcritores del Reynado de Carlos III, por D. Juan Sanpere y Guarinas. *En Madrid*, 1785, 3 *tom. en un vol. in*-8°. *v. m.*

Bibliothèque Phyſique de la France, par Heriſſant. *Paris*, 1771, *in*-8°. *br.*

Ger. Jo. Voſſii de Hiſtoricis Græcis Libri IV. *Lugd. Bat.* 1651, *in*-4°. *v. br.*

De Florentinâ Juntarum Typographiâ, ejuſque Cenſoribus, auct. Aug. M. Bandinio. *Lucæ*, 1791, 2 *vol. in*-8°. *br.*

Recueil de différens Catalogues qui ſeront détaillés. 37 *vol. in*-8°. & *in*-12.

Catalogue des Livres Rares de M. le Camus de Limare, par De Bure l'aîné. *Paris*, 1786, *in*-8°. *veau écaille.*

Catalogue des Livres choiſis de *** (d'Hangard). *Paris*, 1789, *in*-8°. *v. éc.*

Catalogue de la Bibliothèque de Santander. *Bruxel.* 1792, 4 *tom. en* 2 *vol. in*-8°. *dem. rel.*

Catalogues de Gayot, Boiſſet, S.-Ceran, Lolliée & d'Ennery, par De Bure l'aîné. 5 *vol. in*-8°. & *in*-12, *rel.* & *br.*

Hiſtoria Bibliothecæ Fabricianæ, auct. Jo. Fabricio. *Wolffenbuttelii*, 1717, 6 *vol. in*-4°. *v. m.*

Bibliothecæ Joſephi Renati Imperialis Cardinalis

S. Georgii Catalogus. *Romæ*, 1711, *in-fol. v. m.*

Catalogus Librorum Bibliothecæ publicæ Univerſitatis Lugduno-Batavæ. *Lugd. Bat.* 1716, *in-fol. veau brun.*

Memorie degli Scrittori del Regno di Napoli, da E. d'Offlito. *In Napoli*, 1782, *in*-4°. *tom.* 1er. *br.*

Catalogus Cod. MSS. Bibliothecæ Gothanæ. *Lipſiæ*, 1714, *in*-4°. *v. b.*

Bibliotheca Moguntina Libris ſæculo primo Typographico Moguntiæ impreſſis inſtructa, a Steph. Alex. Wurdtwein. *Auguſt. Vindel.* 1787, *in*-4°. *br.*

Bibliotheca degli Autori antichi volgarizzati di Jac. Mar. Paitoni. *In Venezia*, 1774, 5 *tom. rel. en* 3 *vol. in*-4°. *dem. rel.*

Hiſtoire des Hommes illuſtres de l'Ordre de S.-Dominique, par Touron. *Paris*, 1743, 6 *vol. in*-4°. *br.*

Jo. Alb. Fabricii Bibliotheca Græca, curante G. C. Harles. *Hamburgi*, 1790, 2 *vol. in*-4°. *br.*

Hiſtoire de Lorraine, par D. Calmet. *Nancy*, 1751, *in-fol. baſ.* le tom. 4.

Bibliotheca Numiſmatica exhibens Catal. auct. qui de Re Monetariâ ſcripſere, auct. Hirſch. *Norimbergæ*, 1760, *in-fol. v. m.*

Hiſtoria Rei Litterariæ Ordinis S. Benedicti, auct. Ziegelbaver. *Auguſtæ Vindel.* 1754, 4 *vol. in-fol. veau marbré.*

N°. 23. 95 *vol. in-fol. in*-4°. *&c.*

Bibliothèque hiſtorique des Auteurs de la Congrégation de Saint-Maur, par Lecerf. *La Haye*, 1726, *in*-12, *v. m.* = Traité des plus belles Bibliothèques, par Jacob. *In*-12, *v. m.*

Magaſin Hiſtorique, Littéraire & Bibliographique, par J. G. Meuſel, en Allem. *Zurich*, 1790,

Bibliothèque française. M. Audry.

in-8°. *br.* = Spicilegium Bibliographicum. *Hauniæ*, 1783, *in*-12, *br.*

Herm. Sam. Reimari de Vitâ & Scriptis Jo. Alb. Fabricii Commentarius. *Hamburgi*, 1737, *in*-8°. *veau brun.*

Amœnitates Litterariæ Friburgenſes, auct. Joſ. Ant. Rieggero. *Ulmæ*, 1775, *in*-8°. *br.*

Deliciæ Cobreſianæ J. P. Cobres. *Augsbourg*, 1782, 2 *vol. in*-8°. *br.*

Bibliothèque Françoiſe, par Goujet. *Paris*, 1741, 18 *vol. in*-12, *v. m.*

Hiſtoire Littéraire de la ville d'Amiens, par Daire. *Paris*, 1782, *in*-4°. *dem. rel.*

Deſcription du Cabinet littéraire exécuté en 1773, à Madrid, pour les études de Don Carlos, Infant d'Eſpagne, par M^e^. de *** & Barletti de S.-Paul. *Paris*, 1777, *in*-4°. *v. m.* = Nouveau Syſtême Typographique, par la Même. *Paris*, 1776, *in*-4°. *br.*

Nouveaux Mémoires d'Hiſtoire, de Critique & de Littérature, par d'Artigny. *Paris*, 1749, 7 *vol. in*-12, *v. m.*

Avec beaucoup de notes.

Bibliotheca Coiſliniana olim Segueriana. *Pariſiis*, 1715, *in-fol. v. m.* = Bibliotheca Telleriana. *Pariſiis*, 1693, *in-fol. v. f.*

Bibliotheca Smithiana. *Venetiis*, 1755, *in*-4°. *dem. rel.*

Catalogue des Livres de M. de Préfond, par G. Fr. De Bure le jeune. *Paris*, 1757, *in*-8°. *broché*, *avec les prix.* = Catalogue des Livres de l'Abbé Sepher. *Paris*, 1786, *in*-8°. *v. éc.*

Catalogue des Livres de M. le Duc de la Vallière, par Nyon l'aîné. *Paris*, 1788, 6 *vol. in*-8°. *br.*

Catalogues de d'Agueſſeau, Lamoignon, Mirabeau & de Soubiſe. 3 *vol. in*-8°. *rel. & br.*

Catalogus Bibliothecæ Bunavianæ. *Lipſiæ*, 1750, 4 *vol. in*-4°. *v. m.*

Oliv. Legipontii Diſſertationes Philologico-Bibliographicæ. *Norimbergæ*, 1747, *in*-4°. *v. m.*

Biblioteca della Eloquenza Italiana, di G. Fontanini. *Venezia*, 1753, 2 *vol. in*-4°. *v. éc.*

Anecdota quæ ex Ambroſianæ Bibliot. Codicibus nunc primum eruit Lud. Ant. Muratorius. *Mediolani*, 1697, 4 *tom. en* 2 *vol. in*-4°. *baſ.*

Bibliotheca Belgica, ſive Virorum in Belgio illuſtrium Catalogus, ſtud. J. Fr. Foppens. *Bruxellis*, 1739, 2 *vol. in*-4°. *fig. v. m.*

Journal de Paris, depuis 1778 à 1791, 28 *vol. in*-4°. *dem. rel.* Et part. de 1792, en feuilles.

Vinc. Placcii Theatrum anonymorum & pſeudonimorum. *Hamburgi*, 1708, 3 *vol. in-fol. dem. rel.*

Fabricii Bibliotheca Eccleſiaſtica. *Hamburgi*, 1718, *in-fol. v. f.*

Bibliotheca Scriptorum Societatis Jeſu, a Nath. Sotuello. *Romæ*, 1676, *in-fol. v. b.*

N°. 24. 113 *vol. in-fol. in*-4°. *&c.*

Mémoires Hiſtoriques & Littéraires de l'Abbé Goujet. *La Haye*, 1767, *in*-12, *v. m.* = Vie d'Eſt. Dolet, par Née de la Rochelle. *Paris*, 1779, *in*-8°. *dem. rel.*

Chriſt. Th. de Murr Memorabilia Bibliothecarum publicarum Norimbergenſium. *Norimbergæ*, 1786, 2 *vol. in*-8°. *br.*

Eſſai d'une nouvelle Typographie, par Luce. *Paris*, 1771, *in*-4°. *dem. rel.*

Jo. Alb. Fabricii Bibliotheca latina, aucta a J. A. Erneſti. *Lipſiæ*, 1773, 3 *vol. in*-8°. *br.*

Cat. de d'Aguesseau. M. Boivin jn. R[illegible]

Memoires. M. Audry.

Dictionnaire. M. Audry

Recueil de Treize pieces. B.

Recueil de différens Catalogues, dont Bibliotheca Colbertina. 17 *vol. in*-8°. & *in*-12, *rel.* & *br.*

Catalogue des Livres de M. Falconet, par M. Barrois. *Paris*, 1763, 3 *vol. in*-8°. *br.*

Catalogue des Livres du Duc de la Vallière, par G. F. De Bure le jeune. *Paris*, 1767, 2 *vol. in*-8°. *br. avec les prix.*

Bibliotheca Maphæi Pinelli a Jac. Morellio Bibl. Venetæ D. Marci custode descripta, &c. *Venetiis*, 1787, 6 *vol. in*-8°. *br.*

Catalogus Cod. MSS. Bibliothecæ Bernensis, auct. J. R. Sinner. *Bernæ*, 1760, 3 *vol. in*-8°. *dem. rel.*

Bibliotheca græca & latina, sive Catalogus librorum Comitis de Rewiski. *Berolini*, 1784, *in*-8°. *v. éc.* Rarus.

Dictionnaire Bibliographique, Historique & Critique, &c. par Cailleau. *Paris*, 1790, 3 *v. in*-8°. *br.*

Analecta Litteraria de Libris Rarioribus, edita a Fr. Gott. Freytag. *Lipsiæ*, 1750, *in*-8°. *br.*

Recueil de treize pièces sur la Bibliographie. *In*-4°. & *in*-8°.

I Scrittori di Cherici regolari detti Teatini, d'Ant. Fr. Vezzosi. *In Roma*, 1780, 2 *vol. in*-4°. *br.*

Notizie Istorico-critiche degli Scrittori Veneziani, da Fr. Gr. degli Agostini. *In Venezia*, 1752, 2 *vol. in*-4°. *bas.*

Dissertazioni Vossiane di Apostolo Zeno, cioe Osservazioni intorno a gli Storici Italiani. *In Venezia*, 1752, 2 *vol. in*-4°. *v. f.*

Scriptores Ordinis Minorum, recens. Luc. Waddingus. *Romæ*, 1650, *in-fol. v. b.*

Philip. Argelati Bibliotheca Scriptorum Mediolanensium. *Mediolani*, 1745, 2 *vol. in-fol. v. m.*

Codices Manuscripti Bibliothecæ Regii Taurinensis

Athenæi, per linguas digeſti, ſtud. Joſ. Paſini. *Taurini*, 1749, 2 *vol. in-fol. v. m.*

L'Iſtoria della volgar poeſia, ſcritta da Gio. M. Creſcimbeni. *In Venezia*, 1731, 6 *tom. rel.* 3 *vol. in-4°. v. m.*

Bibliotheca Modeneſe, o Notizie della Vitta e delle Opere degli Scrittori Modeneſi, raccolte da Ab. Gir. Tiraboſchi. *In Modena*, 1781, 6 *vol. in-4°. br.*

Mémoires pour ſervir à l'Hiſtoire des Hommes Illuſtres dans la République des Lettres, par Niceron. *Paris*; 1727, 44 *vol. in-12, v. br.*

Avec beaucoup de notes.

Bibliothecæ Caſanatenſis Catalogus Librorum Typis impreſſorum. *Romæ*, 1761, 4 *vol. in-fol. br.*

N°. 25. 85 *vol. in-fol. in-4°.* &c.

Della Litteratura Comacchieſe lezione paranetica di Agat. Cromaziano. *Parmæ*, *Bodoni*, *in-8°. br.*

Chriſt. Guil. Keſtneri, Bibliotheca Medica. *Ienæ*, 1746, *in-8°. dem. rel.* = Bibliographiæ Anatomicæ Specimen, auct. Jac. Douglas. *Lugd. Bat.* 1734, *in-8°. dem. rel.*

Chriſt. Saxi Onomaſticon Litterarium, ſive Nomenclator Hiſtorico-criticus præſtantiſſimorum omnis ætatis, populi, &c. Scriptorum, &c. *Trajecti ad Rhenum*, 1775, 7 *vol. in-8°. br.*

Deliciæ Eruditorum, collectore Jo. Lamio. *Florentiæ*, 1737, 12 *tom. rel. en* 6 *vol. in-8°. dem. rel.*

Table Générale des Matières du Journal hiſtorique de Verdun. *Paris*, 1759, 9 *vol. in-8°. br.*

De Germaniæ Miraculo optimo Typis Litterarum earumque differentiis Diſſertatio, auct. Paulo Pater. *Lipſiæ*, 1710, *in-4°. v. b.*

Mémoires de Niceron. M. Audry

Della litteratura. B

F. Ant. Zachariæ Excurſus Litterarii per Italiam, ab anno 1742—1757. *Venetiis*, 1754, 2 *vol. in*-4°. *dem. rel.*

Diſſertazione di Ang. Mar. Bandini ſull'antichiſſima Biblia creduta dei tempi di S. Gregorio. *In Vinegia*, 1786, *in*-4°. *br.* = Illuſtrazione del medeſ. di due Evangeliari græci del ſecolo XI. *In Vinegia*, 1787, *in*-4°. = Ejuſdem Epiſtola de Michaele Acominato, ejuſque Scriptis. *Florentiæ*, 1767, *in*-8°. = Lettera Critica ſopra un Manoſcritto in cera di Ant. Cocchi. *Firenze*, 1746, *in*-4°. *br.*

Jugemens des Savans ſur les principaux Ouvrages des Auteurs, par Baillet. *Paris*, 1722, 8 *vol. in*-4°. *v. b.*

Sylloge aliquot Scriptorum de bene ordinandâ & ornandâ Bibliothecâ, ſtud. Dav. Kocleri. *Francofurti*, 1728, *in*-4°. *v. m.* = Projet d'une Nouvelle Méthode pour dreſſer le Catalogue d'une Bibliothèque, par Voſtgaard. *Paris*, 1698, *in*-4°. = Bibliotheca Manuſcriptorum, recenſ. Jac. Moſer. *Norimbergæ*, 1722, *in*-4°. *& autres pièces dans le même Volume.*

Ambroſianæ Mediolani Baſilicæ, ac Monaſterii hodie Ciſtercienſis Monumenta, auct. J. P. Puricello. *Mediolani*, 1645, *in*-4°. *v. f.*

Catalogus græcorum Codd. qui ſunt in Bibliothecâ Reipub. Auguſtanæ Vindelicæ. *Auguſt. Vindel.* 1595, *in*-4°. = Index Manuſcriptorum Bibliot. Auguſtanæ, auct. Reiſero. 1675, *in*-4°. *vél.* = Bibliothecæ Acad. Ingolſtadienſis Incunabula Typographica. *Ingolſtadii*, 1787, *in*-4°., & autres pièces ſur le même ſujet, au nombre de 6.

Bibliotheca Sacra, auct. Lelong. *Pariſ.* 1723, 2 *tom. en un vol. in-fol. v. m.*

Bibliotheca Sicula, ſive de ſcriptoribus Siculis

notitiæ locupletiſſimæ, auct. Ant. Mongitore. *Panormi*, 1707, 2 *tom. en* 1 *vol. in-fol. vél.*

Catalogus Codicum Manuſcriptorum Monaſterii S. Michaelis Venetiarum, una cum appendice Librorum impreſſorum ſæculi XV. Opus poſth. Jo. Ben. Mittarelli. *Venetiis*, 1779, *in-fol. dem. rel.*

Catalogue raiſonné des Livres de P. Ant. Crevenna. 1776, 6 *vol. in-4°. br.*

Catalogue des Livres de Crevenna. *Amſterd.* 1789, 4 *vol. in-8°. br.*

Table générale des Matières contenues dans le Journal des Savans. *Paris*, 1753, 10 *vol. in-4°. veau mabr.*

Hiſtoire de l'Imprimerie & de la Librairie, par la Caille. *Paris*, 1689, *in-4°. v. b.*

Cet exemplaire eſt chargé de notes.

Maittaire Annales Typographici. *Hag. Comit.* 1719, 1722, 1725 & 1733, 4 *vol. in-4°. v. b.*

Index Annalium Typographicorum Mich. Maittaire. 2 *vol. in-4°. v. f.*

Cet exemplaire eſt rempli de notes.

Annalium Typographicorum Michaelis Maittaire Supplementum, ſtud. Mich. Denis. *Viennæ*, 1789, 2 *vol. in-4°. br.*

Origine e Progreſſi della Stampa, da Fr. Pell. Ant. Orlandi. *In-4°. v. f.*

Bibliothèque Curieuſe, Litt. & Critique de Livres difficiles à trouver, par David Clément. *Gottingen*, 1750, 9 *vol. in-4°. br. en* 5 *vol.* = Supplémens & Corrections audit Ouvrage, par M. Barth. Mercier, abbé de Saint-Léger. *in-4°.* Manuſcrit.

N°.

Crevenna in 4.° jr.

index annalium. B.

~~Maittaire~~ suppl. Laupain a.i.tt

David Clement. jr.

Analecta Belgica. B.

N°. 26. 84 *vol. in-fol. in-4°.* &c.

Nouveau Recueil de Pièces fugitives d'Hiſtoire & de Littérature, par Archambaud. *Paris*, 1717, 4 *vol. in-12*, *v. b.*

Amœnitates Litterariæ, quibus variæ Obſerv. ſcripta, & rariora Opuſcula exhibentur, auct. Jo. G. Shelhorn. *Francof.* 1725, *in-8°. vél.*

Analecta Belgica Continent. Caſp. Scheti, Corvini, &c. Opuſcula. *Lugd. Bat.* 1772, 2 *vol. in-8°. dem. rel.*

La France Littéraire, par d'Hebrail. *Paris*, 1769, 4 *vol. in-8°. dem. rel.*

Traités Hiſtoriques & Critiques ſur l'Origine & les Progrès de l'Imprimerie, par Fournier le jeune. *Paris*, *Barbou*, *in-8°. br.*

Catalogue des Livres de la Bibliothèque publique d'Orléans. *Paris*, 1777, *in-4°. br.*

Catalogue des Livres de l'Abbé de Rothelin & du Comte d'Hoym, par G. Martin. *Paris*, 1746, 2 *vol. in-8°. v. m.*

Amœnitates Litterariæ. *Francofurti*, 1730, 12 *vol. in-8°. v. b.*

Saggio di Memorie ſu la Tipografia Parmeſe del ſecolo XV, del Padre Iren. Affo. *Parma*, *Stamp. Reale*, 1791, *in-4°. br.*

Cronica de Matematici overo Epitome dell' Iſtoria delle Vite loro, di Bern. Baldi. *Urbino*, 1707, *in-4°. br.* = Le Vite d'Uomini Illuſtri Fiorentini, da Filippo Villani. *Venezia*, 1747, *in-4°. br.*

Exemplum Typographiæ Sinicæ, a Jo. Breitkopf. *Lipſiæ*, 1789, *in-4°. br.* = Eſſai Hiſt. ſur la Typographie orientale & grecque de l'Imp. Royale, par de Guignes. *Paris*, 1787, *in-4°. br.* = Principes de Compoſition typographique, pour diriger un Compositeur dans l'usage des Caractères orientaux de l'Imp Roy. Par de Guignes. *Paris*, 1790, *in*-4°. *br.*

Memorie degli Scrittori & letterati Parmigiani, raccolte dal P. Iren. Affo. *Parma*, *Bodoni*, 1789, 3 *vol. in*-4°. *br.*

De Rebus gestis ac scriptis Baptistæ Mantuani, stud. P. Fl. Ambrosio. *Taurini*, 1784, *in*-4°. *br.*

Annales Typographiæ Augustanæ. Edidit G. G. Zopf. *Augustæ Vindel.* 1778, *in*-4°. *br.*

Analecta Græca hactenus non edita, gr. & lat. stud. Monach. S. Benedicti. *Lut. Paris.* 1688, *in*-4°. *v. b.*

Histoire Littéraire de la France. *Paris*, 1733, 13 *vol. in*-4°. *v. m.*

Bibliotheca Hispana vetus & nova, auct. Nic. Antonio. *Matriti*, 1788, 4 *vol. in-fol. v. m.*

Gli Scrittori d'Italia del conte Mazzuchelli. *In Brescia*, 1753, 6 *vol. in-fol. bas.*

Bibliographie instructive, par Guill. Fr. De Bure le jeune. *Paris*, 1763, 7 *vol. in*-8°. *br.*

Exemplaire chargé d'un grand nombre de notes.

Recueil de Pièces sur le premier Volume de la Bibliographie de De Bure. *Paris*, 1764, *in*-8°. *v. f.*

Catalogue des Livres de L. J. Gaignat, par G. Fr. De Bure le jeune. *Paris*, 1769, 2 *vol. in*-8°. *dem. rel. avec les prix.*

Catalogue des Livres rares de M. le Duc de la Vallière, par G. De Bure l'aîné. *Paris*, 1783, 4 *vol. in*-8°. *br.*

Avec beaucoup de notes,

Les Bibliothèques Françoises de la Croix-du-Maine & de Duverdier, publ. par Rigoley de Juvigny. *Paris*, 1772, 6 *vol. in*-4°. *br.*

Exempl. entièrement chargé de notes.

Dijon, jr.

Histoire de l'Origine & des Progrès de l'Imprimerie, par Prosper Marchand. *In-4°. manuscrit.* - - 55

Nouvelle Édition projettée par l'Auteur, avec des augmentations & des corrections.

Supplément à l'Histoire de l'Imprimerie, de Prosper Marchand, par le cit. Mercier de Saint-Léger. *Paris*, 1775, *in-4°. br.* - - - - - - - - 61

Exemplaire chargé de notes, & destiné par l'Auteur à une nouvelle Édition.

N°. 27. 73 *vol. in-fol. in-4°.* &c.

Les Éloges des Hommes Savans, tirés de l'Histoire de M. de Thou, par A. Teissier. *Leyde*, 1715, 4 *vol. in-12, v. m.* - - - - - - - - 1 .. 12

Jo. Klefekeri Bibliotheca Eruditorum Præcocium. *Hamburgi*, 1717, *in-12, non rel.* = Jo. Burch. & Fred. Ott. Menckeniorum Bibliotheca virorum militiâ atque scriptis illustrium. *Lipsiæ*, 1734, *in-12, bas.* - - - - - - - - 3

Memoriæ Theologorum, Jurisconsultorum, Philosophorum & Medicorum nostri sæculi clarissimorum, curante M. H. Witten. *Francofurti*, 1685, 6 *vol. in-8°. v. m.* - - - - - - 4 .. 17

Dictionnaire Historique & Critique des Livres rares, par Osmont. *Paris*, 1768, 2 *vol. in-8°. v. m.* = Bibliographie Instructive, par Delos Rios. *Lyon*, 1777, *in-8°. dem. rel.* - - - - - 8 .. 18

La Chasse aux Bibliographes & Antiquaires malavisés, par l'Abbé Rive. *Londres*, 1789, 2 *vol. in-8°. br.* - - - - - - - - 18

Henr. a Seelen Selecta Litteraria quibus varia Sacra, Civilia, Philosophica, &c. continentur. *Lubecæ*, 1726, *in-8°. vél.* - - - - - - - 3 .. 1

Mémoires de l'Académie de Dijon. *Dijon*, 1769, 6 *vol. in-8°. bas.* - - - - - - - - 15

Trajectum eruditum virorum doctrinâ illustrium Vitas exhibens, auct. Car. Burmanno. *Traj. ad Rhenum*, 1750, *in*-4°. *v. m.*

Mart. Hanckii de Silesiis indigenis eruditis, Liber. *Lipsiæ*, 1707, *in*-4°. *bas.*

Matthæi Aimerichii Specimen veteris Romanæ Litteraturæ deperditæ, vel adhuc latentis. *Ferrariæ*, 1784, *in*-4°. *br.* = Moderati Censorini (M. Aimerichii), de vitâ & morte Latinæ Linguæ, Paradoxa Philologica. *Ferrariæ*, 1780, *in*-8°. *br.* = Ejusd. M. Aimerichii novum Lexicon Historicum & Criticum. *Bassani*, 1787, *in*-8°. *br.*

Catalogo delle Storie particolari della Citta e de Luoghi d'Italia le quali si trovano nella Libreria dei Fratelli Coleti, &c. *In Vinegia*, 1779, *in*-4°. *br.*

La Bibliothèque de la Croix-du-Maine & de Duverdier. *Paris*, 1584, 2 *vol. in-fol. v. m.*

De Hebraicæ Typographiæ origine ac primitiis Disquisitio Jo. B. de Rossi. *Parmæ*, 1776, *in*-4°. *br.* = Ejusdem Apparatus Hebræo-Biblicus. *Parmæ*, 1782, *in*-8°. *br.*

Bibliothèque des Écrivains de l'Ordre de S.-Benoît. *Bouillon*, 1777, 2 *vol. in*-4°. *br.*

Avec beauconp de notes.

Jo. Dan. Schœpflini Vindiciæ Typographicæ. *Argentorati*, 1760, *in*-4°. *v. m.*

Histoire Littéraire de la Congrégation de S.-Maur, Ordre de S.-Benoît, par D. Tassin. *Paris*, 1770, *in*-4°. *v. m.*

Vitæ Italorum doctrinâ excellentium, auct. Aug. Fabronio. *Pisis*, 1778, 13 *vol. in*-8°. *br.*

Voyage Littéraire de deux Bénédictins, où l'on

~~Trajectum eruditum. B.~~

Matth. Aimerichii. B.

De Hebraica. M. Audry

Bibliotheca acroamatica. in.

Lettre. B.

trouvera quantité de Pièces, d'Inſcriptions, &c. *Paris*, 1717, 2 *vol. in*-4°. *v. b.*

Muſeum Italicum ſeu Collectio veterum Scriptorum ex Bibliothecis Italicis, eruta a D. Jo. Mabillon. *Lut. Pariſ.* 1687, 2 *vol. in*-4°. *fig. v. b.* - 9 ... 5 D

Bibliotheca Vetus & Nova, a G. Matth. Konigio. *Altdorfii*, 1678, *in-fol. v. b.* . . . . 2 ...

Bibliotheca Acroamatica, Theologica, Juridica, Medica, &c. comprehendens Recenſionem ſpecialem omnium Cod. MSS. Biblothecæ Cæſar. Vindobonenſis, congeſta a Frid. Reimanno. *Hannoveræ*, 1712, *in*-8°. *v. b.* . . . . 2 ... 12 ..

* Rariſſima præcipuè in Galliâ.

Serie delle Éditioni Aldine per ordine chronologico & alfabetico. *In Piſa*, 1790, *in*-12, *br.* . . . . 75 ...

Avec beaucoup de notes.

Proſpetto di varie Édizioni degli Claſſici Greci e Latini, trad. del dottor Ed. Arvood, da M. Pinelli. *In Venezia*, 1780, *in*-12, *br.* = Degli autori Claſſici ſacri, profani, Greci e Latini, Biblioteca Portatile. *Venezia*, 1793, 2 *vol. in*-12, *broché.* . . . . 100 ...

Exemplaires très-précieux, avec des augmentations & des corrections conſidérables. Le cit. Mercier ſe propoſoit de publier une nouvelle édition de cet ouvrage.

Eſſai Hiſtorique ſur la Bibliothèque du Roi, par le Prince. *Paris*, 1782, *in*-12, *br.* . . . . 10 ... 5 ..

Exemplaire rempli de notes manuſcrites.

Catalogue des Livres Imprimés & Manuſcrits de la Bibliothèque du Roi. *Paris*, 1739, 10 *vol. in-fol. broché.* . . . . 36 ...

N°. 28. 42 *vol. in-fol. in*-4°. *&c.*

Lettres ſur la Profeſſion d'Avocat, par le C. Camus, 6 ... D

D 3

ſuivies d'une Bibliothèque choiſie de Livres de Droit. *Paris*, 1777, *in*-12, *v. f.* Avec beaucoup de Notes MSS. ſur la Bibliothèque choiſie. = Bibliotheca Eccleſiæ Turonenſis, ſeu Catal. Librorum MSS. qui in eâd. Bib. conſervantur, auct. Guil. Jouan. 1706, *in*-12, *dem. rel.*

Bibliothèque du Dauphiné, par G. Allard. *Grenoble*, 1797, *in*-8°. *br.*

Avec des notes.

Nova Librorum rariorum Conlectio, digeſta a Hier. Aug. Groſchuffio. *Halis Magdeb.* 1709, *in*-12, *v. b.* = Struvii Collectanea Manuſcriptorum ex Codic. Fragmentis antiquitatis, &c. excerpta. *Jenæ*, 1713, 2 *vol. in*-12, *v. b.*

La Biblioteca Aproſiana di Corn. Aſpaſio Antivigilmi. *In Bologna*, 1673, *in*-12, *v. m.* = Ead. Bibl. Aproſiana ex ling. italicâ in latinam verſa, cum not. Jo. Chriſt. Wolfii. *Hamburgi*, 1734, *in*-12, *v. m.*

Bibliotheca Philoſophica Struviana, aucta a Lud. Mart. Kahlio. *Gott.* 1740, 2 *vol. in*-8°. *dem. rel.*

Miſcellanea Duisburgenſia ad incrementum rei litterariæ omnis publicata. *Amſtel. in*-8°. *vél.* = Eſſai ſur l'Hiſtoire littéraire de Pologne. *Berlin*, 1778, *in*-12, *br.*

Monumenta Typographica, ſtud. Jo. Chriſt. Wolfii, *Hamburgi*, 1740, 2 *vol. in*-8°. *br.*

Jo. Mollerus de Scriptoribus homonymis. *Hamburgi*, 1697, *in*-8°. *dem. rel.* = A general Catalogue of Books that have been printed in Great Britain. *London*, 1779, *in*-8°. *br.*

Gab. Fabricy Diatribe quâ Bibliographiæ antiquariæ & ſacræ Critices capita aliquot illuſtrantur. *Romæ*, 1782, *in*-8°. *br.* = Anonymi (And. No-

Bibl. Struviana inspt.

Monumenta typ. inspt.

Congetture di Giac. Sardini. Reclamé par la Bibliothèque Nationale.

Historia Bibliothecae abonf[illegible]. B

relii) in Bibliothecæ Upsaliensis Historiam anno 1745 editam stricturæ. *Upsaliæ*, 1746, *in*-8°. *br*.

Specimen Litteraturæ Florentinæ sæculi XV, auct. Aug. Mar. Bandinio. *Florentiæ*, 1747, 2 *tom. en* 1 *vol. in*-8°. *br*.

M. A. Beyeri Memoriæ Historico-criticæ Librorum rariorum. *Dresdæ*, 1734, *in*-8°. *dem. rel.* = Arcana Sacra Bibliothecarum Dresdensium, auct. Aug. Beyero. *Dresdæ*, 1738, *in*-12, *v. b.*

Jo. Fred. Weidleri Bibliographia astronomica, germanicè & latinè. *Wittembergæ*, 1755, 2 *vol. in*-8°. *br*.

J. Jonsius de Scriptoribus Historiæ Philosophiæ. *Ienæ*, 1716, *in*-4°, *v. b.*

Jo. G. Olearii Bibliotheca Scriptorum Ecclesiasticorum. *Ienæ*, 1711, *in*-4°. *v. b.*

Bibliotheca Regni Animalis atque Lapidei, auct. L. G. Gronovio. *Lugd. Bat.* 1760, *in*-4°. *v. f.*

Continuazione delle Lettere del Pad. Salv. Maria di Blasi, intorno ad alcuni Libri di prima Stampa. 1788, *in*-4°. *br.* = Congetture di Giac. Sardini sopra un Antica Stampa. *In Firen.* 1793, *in*-4°. *broché*.

Historia Bibliothecæ R. Academiæ Aboensis, ab H. Gab. Porthan. *Aboæ*, *in*-4°. *br*.

Notitia Historico-litteraria de Libris ab artis Typ. origine usque ad annum 1476 impressis, in Bibliothecâ Monasterii ad SS. Udalricum, &c. extantibus. *Augustæ Vindelicorum*, 1788, *in*-4°.

Litteratura de i Numidi. Memoria dell' abb. Ant. de Torres. *Venezia*, 1789, *in*-4°. *br*.

Catalogue des Ouvrages qui ont été publiés sur les Eaux minérales, par Càrrère. *Paris*, 1785, *in*-4°. *dem. rel.* = Bibliothèque littéraire de la Médecine ancienne & moderne, par le même. *Paris*, 1776, 2 *vol. in*-4°. *dem. rel.*

Origines Typographicæ, Ger. Meerman auctore. *Hag. Comit.* 1765, 2 *vol. in-4°. br.*

Scriptores Ordinis Prædicatorum recenſiti, notis illuſtrati a Jac. Quetif. *Lut. Pariſ.* 1719, 2 *vol. in-fol. v. b.*

Frid. Roth. Scholtzii Theſaurus Symbolorum ac Emblematum, id eſt, Inſignia Bibliopolarum & Typographorum ab incunabulis Typ. uſque ad noſtra tempora. *Norimbergæ*, 1730, *in-fol. fig. br.*

Bibliotheca Bibliothecarum Manuſcriptorum nova, auct. Montfaucon. *Pariſiis*, 1739, 2 *vol. in-fol. dem. rel.*

Mémoires pour ſervir à l'Hiſtoire littéraire des Pays-Bas & du pays de Liége. *Louvain*, 1765, 3 *vol. in-fol. dem. rel.*

N°. 29. 32 *vol. in-fol. & in-4°. Manuſcrits.*

Recueil de Traités d'Alliance entre les Rois de France, d'Angleterre, la Hollande & les Suiſſes. 4 *vol. in-fol. v. b.*

Manuſcrit ſur papier.

Conventiones inter Ludovicum, Regem Siciliæ, &c. anno 1386 & alium Principem. == Statuta civitatis Arelatenſis. *In-fol. v. b.*

Codex MS. in membranis XV ſæculi.

Regiſtrum Præſentationum Curiæ & Juriſdictionis ſuperioris regni Franciæ, &c. *In-fol. vél. verd.*

Codex MS. in membranis ſæculi XV.

Recueil d'Arrêts célèbres. *In-fol. dem. rel.*

Manuſcrit, partie ſur vélin, partie ſur papier.

Recueil chronologique des Lettres-Patentes, Édits, Arrêts, &c. ſur la Librairie & Imprimerie de Paris, depuis 1275—1777. *In-fol. vél. verd.*

Manuſcrit ſur papier.

Scriptas. Rechmi par le Cit. Faitot

frid. Roth. Scholtzii, &c. B.

Paraphraſe du Dialogue de Severin Boece, intitulé, De la Conſolation de la Philoſophie, par de Jant, abbé de Saint-Mahé, en 1663. *In-fol. v. b.*

Manuſcrit.

Ambaſſade à Rome de M. de Pelvée, en 1557. *In-fol.* = Lettres du Marquis de Piſani au Roi, pendant ſon Ambaſſade à Rome, en 1586. *In-fol.* = Lettres de M. Fourquevaulx, Ambaſſadeur en Eſpagne, en 1566. *In-fol.*

Manuſcrit ſur papier.

Lettere ſciolte ſcritte da M. Ubaldini nel tempo della ſua Nunziatura in Francia, dell' anno 1608 —1616. 3 *vol. in-fol. v. m.*

Manuſcrit ſur papier.

Théologie-pratique des Peintres, Sculpteurs, Graveurs & Deſſinateurs, avec l'indication des meilleurs Tableaux & Morceaux de Sculpture les plus eſtimés qu'on voit dans les Égliſes de Paris, & les cabinets des particuliers, par l'abbé Mery. Nouvelle édition revue & augmentée par l'auteur. *In-4°.*

Manuſcrit ſur papier.

Plan d'Étude envoyé par mon Père, à M. Amelot, Ambaſſadeur en Suiſſe, pour M. ſon Fils. *In-4°. v. m.*

Ce manuſcrit porte les armes de M. le Chancelier d'Agueſſeau.

Geſtes des nobles François, deſcendus de la royale Lignée du noble Roi Priam de Troye, &c. *In-fol. v. f.*

Manuſcrit ſur vélin, du XVe ſiecle.

Epiſtola Chromatii & Heliodori, Epiſcopi, &c. *in-4°. parch.*

Codex MS. in membranis XII ſæculi.

Voyages des Haute & Basse-Allemagne, des Pays-Bas, &c. en 1650, par le Colonel Duplessis. 2 *vol. in-fol. vél.* = Voyages en Hollande, en Danemarck, &c. *In-fol. vél.*

Manuscrit sur papier.

Discours des Régens qui ont gouverné l'État sous les Rois de la troisième race. *In-fol. v. b.* = Entrevues des Rois & Princes souverains, Cérémonies, &c. *In-fol. v. b.*

Manuscrit sur papier.

Registre du Roi Philippe-Auguste. *In-fol. v. b.* = Preuves de l'Histoire de la Souveraineté de Dombes. *In-folio.*

Manuscrit sur papier.

Procès-Verbal de la Dissolution du Mariage de Louis XII, avec Jeanne de France, en 1498. *In-fol. rel. en peau.*

Manuscrit sur vélin.

Discours de M. de Bourdeilles-Montresor, sur la sortie de France de M. le Duc d'Orléans, après la mort du Duc de Montmorency. 1631, *in-fol. MS. br.*

Recueil de Lettres & Traités concernant la Négociation de Lorraine, en 1700. *In-fol. v. b. MS.*

Registre contenant quels Princes, Barons, Seigneurs & Prélats se disent avoir droit de faire Monnoies, de quel poids & loys elles doivent être, leurs empreintes, &c. *In-fol.*

Manuscrit sur vélin, du XVe siècle.

La vraie Histoire & Chronique de Liége. *In-fol. bas.*

Manuscrit sur papier.

Les Tombeaux, contenant les Cérémonies & Pompes

[illegible]ronique de Liege. Reclamée par le Cit. Mass[illegible]

funèbres des Peuples anciens & modernes. *In-4°. v. b.*

Manuſcrit ſur papier.

Catalogue alphabétique des Ouvrages dont les Journaliſtes de Trévoux ont donné des Extraits dans les quarante premières années. = Poéſies diverſes. Règle de St.-Auguſtin, extraite d'un MS. de St.-Victor. *In-4°. br.*

Manuſcrit ſur papier.

Recueil par lettres alphabétiques de Faits, Anecdotes, de Chronologie, d'Hiſtoire & d'Érudition, par Jean Goureau, ſeigneur des Palluaux. 3 *vol. in-fol. v. f.*

Manuſcrit ſur papier.

N°. 30. 31 *vol. in-fol. & in-4°. Manuſcrits.*

Libri Eſdræ & Machabæorum. *in-4°. vél.*

Codex MS. in membranis ſæculo X exaratus.

B. Paterii Diſcipuli S. Gregorii Papæ, Expoſitio in Ezechielem & Job. *In-fol. rel. en bois.*

Manuſcrit ſur vélin, du XIe ſiècle.

Expoſitio Caſſiodori ſuper 50 Pſalmos. *In-folio, non relié.*

Manuſcrit ſur vélin du XIe ſiècle.

Collecta a Domino Floro, ex ſententiis antiquorum Patrum. *In-fol. parch.*

Codex MS. in membranis X ſæculi.

M. Tullii Ciceronis Rhetorica. *in-4°. non rel.*

Codex MS. in membranis XII ſæculi.

En bas du dernier feuillet il y a : Hic Liber eſt Magiſtri Nicolai de Clemangis.

Ciceronis de Finibus bonorum & malorum Libri V. *In-fol. dem. rel.*

Codex MS. in chartâ ſæculo XV exaratus.

M. T. Ciceronis de Senectute & de Amicitiâ libri. = Gaſparis & Priſciani Grammaticæ Regulæ. = Phalaridis Epiſtolæ, per Fr. Aretinum tranſlatæ. *In-4°. dem. rel.*

Codex MS. XV ſæculo exaratus partìm in membranis & chartâ.

Q. Horatii Flacci Poemata. *In-fol. rel. en bois.*

Codex MS. in membranis XI ſæculi.

Les huit premiers feuillets ſont d'une écriture plus moderne.

M. Ann. Lucani Pharſalia. *In-fol. rel. en bois.*

Codex MS. in membranis ſæculo XIV exaratus.

Sedulii Poemata, Prudentii Poemata. *In-4°. non rel.*

Codex MS. in chartâ ſæculo XV exaratus.

Roman contenant le Livre d'Eſdras, écrit par le commandement du Roi Rocus, & tranſcrit par Bertrand Boiſſet, le 13 juin 1372. *In-4°. non relié. Manuſcrit.*

Li Romans de la Vie des Pères & des Miracles de Notre-Dame, en vers de huit ſyllabes. *In-fol. rel.*

Manuſcrit ſur vélin, du XIIIe ſiècle, en lettres de forme, contenant 160 feuillets écrits ſur trois colonnes.

Le Roman de Parthénopée de Blois, en vers, *in-12, v. b.*

Ce Roman a été copié par Dom Lobineau.

Le Songe du vieux Pélerin, par Philippe de Maizières. *In-fol. rel. en bois.*

Ce manuſcrit, qui eſt du XVe ſiècle, eſt celui d'après lequel l'Abbé Lebeuf a fait les extraits de cet ouvrage.

Le Triomphe des neuf Preux, ſavoir, Hector, Alexandre, Jules-Cæſar, Joſué, David, Judas Machabæus, Artus, Charlemagne & Godefroy de Bouillon. *In-fol. v. f.*

Manuſcrit moderne ſur papier enrichi des portraits

des neuf Preux, très-bien peints en or & en couleur. Cet ouvrage eſt différent des imprimés.

Les Beaux & Merveilleux Faicts que fiſt en ſon temps Bertrand du Gueſclin, Conneſtable de France. *In-fol. v. f.*

Manuſcrit ſur papier, du XVe ſiècle.

Notices manuſcrites de différens Manuſcrits, de Romans de Chevalerie, de la Bibliothèque de Sainte-Geneviève, & d'autres dépôts littéraires. *Dans un porte-feuille in-fol.*

Phalaridis Epiſtolæ e græco, per Fr. Aretinum tranſlatæ. *In-4°.*

Codex MS. in chartâ, XV ſæculi.

Alcuini Epiſtolæ. *In-4°. rel. en bois.*

Codex MS. in Membranis X ſæculi.

Fra-Paoli Sarpi Veneti Epiſtolarum liber, ad Dom. Leſchaſſier. *In-fol. m. cit.*

Manuſcrit ſur papier.

Recueil des Lettres écrites en 1640, à diverſes perſonnes, par Julienne-Hippolite d'Eſtrées, femme de George de Brancas, Duc de Villars, ſœur de M. le Maréchal d'Eſtrées, Ambaſſadeur à Rome. *In-fol. non rel.*

Manuſcrit ſur papier.

Mémoires de P. de l'Eſtoile, 6 *vol. in-fol. parch.*

Manuſcrit ſur papier.

Dépenſes de la Maiſon de la Reine, en 1582. *In-fol. parch.* = Comptes des Cens de la Comté de Blois, depuis 1339 — 1388, &c. 5 *vol. in-fol. parch.*

Manuſcrit ſur vélin & ſur papier.

Venerabilis Bedæ presbyteri Hiſtoriæ Anglorum. *In-fol. non rel.*

Manuſcrit ſur vélin, du XIe ſiècle.

Regiſtres des Feuillets de quelques anciennes Éditions, commodes pour collationner les exemplaires. *In-4°. vél. verd. Manuſcrit.*

N°. 31. *Correſpondance littéraire de pluſieurs Savans nationaux & étrangers avec le cit. Mercier, & Manuſcrits de ſa Compoſition, Notes, Remarques, &c. &c.*

Minutes des Articles fournis par le P. Pingré & par le C. Mercier au Journal de Trévoux pendant les années 1763—1766.=Lettres de différens Journaliſtes.=De l'abbé du Ternay, d'Alembert, &c.

Copie miſe au net & rangée par ordre chronologique des Ouvrages publiés par le citoyen Mercier, & des articles qu'il a fournis à différens Journaux depuis l'année 1762 — 1793 incluſivement.

Copie de quelques Épigrammes de l'Anthologie grecque, traduites en vers latins par Grotius. = Notes du cit. Mercier ſur Montaigne & Charron. = Catalogue de Livres d'Alchymie & de Chymie.

Copies de différens Ouvrages, entre autres d'un Projet de Congrégation régulière, conſacrée à l'éducation de la jeuneſſe, par le Card. de Loménie. = Notes du cit. Mercier ſur la Danſe des Morts, &c. &c.

Copie du Proſpectus des Ouvrages du P. Caſtel, Jéſuite. = Abrégé de la Vie de Sleidan, (peut-être par Teſſier). = Lettre de Burigny ſur le P. Le Courayer, & Copies de quelques Lettres de Le Courayer. = Copie du *Supplément aux Notes ſur la Tragédie d'Héraclius.*= Remarques du Baron de la Baſtie ſur l'Hiſt. de François Ier & Henri II, par Varillas, &c. &c.

Remarques du cit. Mercier ſur les Manuſcrits, ſur les Copiſtes, ſur les Vers rétrogrades, léonins,

ſerpentins. = Lettres du P. Fabrici. = Sur les Poëmes didactiques, &c. &c.

Série chronologique, & Extraits par le cit. Mercier des premiers Ouvrages imprimés avec privilége.

Recueil de Pièces de Vers ſatyriques, françois & latins, par pluſieurs auteurs, entre autres *Gaulmin*, cotté *Facetiæ. In-4°. rel. en parch.*

Extraits de différens Ouvrages faits par le cit. Mercier pour ſon uſage, entre autres des Aménités littéraires de Schelhorn. = Copie de deux Billets de St.-François de Sales. = Lettre de Mad. de Chantal. = de St.-Vincent de Paule. = de Bourdaloue. = de l'abbé Thiers. = du Card. Mazarin. = de Mad. Louiſe. = du Card. Quirini. = Trad. par Burigny de l'Extrait d'un Ouvrage de Bardeſanes. = Queſtions faites par Falconet à La Monnoie, avec les réponſes de celui-ci, & quelques *Notules* du cit. Mercier.

Deux Liaſſes de Pièces manuſcrites & imprimées ſur Henri IV.

Manuel Bibliographique. *Paris*, 1777, lettres A — G. (Une partie de la lettre A a été imprimée ſous le titre de *Bibliographie portative*, & ſous celui de *Tablettes Bibliographiques*). (par de Marolles).

Lettres de divers Savans au cit. Mercier, entre autres de Reiske, de l'abbé de Carpillet, de Robinet, de Bjornſtal, de Giorwel, de Caulet, évêque de Grenoble, de l'abbé Gheſquière, Butler, &c.

Lettres originales de François d'Oliveyra à David Clément, & Minutes d'articles fournis par le Portugais à ce Bibliographe.

Lettres du P. Le Courayer au P. Prevoſt, Bibliothécaire de Ste.-Geneviève. = du Baron de

Zurlauben au cit. Mercier. = Lettre ſur un nouveau Projet de Catalogue de Bibliothèque, par le P. Le Courayer. = Notes du P. Le Courayer ſur la Bibl. de S.-Géneviève. = Notices du cit. Mercier ſur des Auteurs Italiens. = Extraits de l'Hiſtoire de l'Abbaye de Notre-Dame d'Eu.

Lettres du P. Pingré au cit. Mercier, en 1757. = Lettres du Duc de La Vallière.

Lettres de l'abbé Rive. = de M. Van Santen. = de M. Mars. = de M. Heidegger. = Particularités ſur l'abbé d'Artigny. = Notes diverſes.

Lettres de M. Corſini. = Extraits par le cit. Mercier des Œuvres de Pic de la Mirandole. = Notice par le cit. Mercier de pluſieurs Pamphlets ſur Pie VI. = Notice par le cit. Mercier d'un MS. de St.-Martin de Laon ſur la Vie & les Miracles de St.-Martin & de St.-Laurent. = Autre Notice d'un MS. de Jacques Bertiaux, appartenant à M. de St.-Laurent. = Notice de deux MSS. d'*Ant. Raudenſis.*

Lettre de l'abbé Barthelemi. = De l'abbé Brotier. = Notices de M. Carlini. = Lettres de M. Crevenna.

Billets & Notes du ci-dev. Marquis de Luchet. = Lettres de Rondet.

Lettres du P. Fabricy au citoyen Mercier. = Lettres de l'abbé du Ternay.

Lettres écrites à l'abbé Lebeuf, par le P. Thomas de S.-Thomas, Letors, l'abbé Vallart, le P. Viger & Vilman. = Lettres latines de Chriſtophe Saxe au cit. Mercier. = Notes diverſes du cit. Mercier. = Lettres de l'abbé Gheſquiere. = Du Baron de Cler. = Du Pr. Bouhier à l'abbé Lebeuf, du P. Daire, de l'abbé Fuſſeau, de Guenois, du Card. Paſſioney, de Dom Gérou.

Lettres du Baron de Senckemberg. = Notes diverſes

diverſes du cit. Mercier, pour l'ouvrage intitulé : *Quinque illuſtrium Poetarum Luſus in Venerem*, dont il a dirigé l'impreſſion en 1791.

Notes du cit. Mercier, 1°. ſur l'Hiſtoire de la Décadence de l'Empire Romain, par Gibbon. 2°. Sur les Livres dont les titres mal entendus ont trompé les Bibliographes. 3°. Sur les Livres mal connus. 4°. Sur les Auteurs anonymes & pſeudonymes. 5°. Mêlanges par ordre alphabétique.

Notes du cit. Mercier ſur la Bibliographie aſtronomique de M. Scheibel.

Notes du cit. Mercier & autres ſur les Ouvrages rares qui ſe trouvent dans les Bibliothèques de pluſieurs Départemens, entre autres dans celles de Lyon. = Lettres de l'abbé Perrichon. = Lettres du Baron de Heynecken. = Lettres du Comte Melchior Rangon, & de l'Abbé Denis, Bibliothécaire de l'Empereur. = Lettre du Cit. Brequigny ſur le Gloſſaire de Ste.-Palaye, & Réponſe du cit. Mercier.

Notes ſur les Ouvrages de Boſſuet, principalement ſur l'expoſition de la Doctrine, &c. = Sur la dernière Collection de ſes Œuvres. = Lettres de Dom De Foris.

Notes du cit. Mercier ſur l'Ouvrage *De Tribus Impoſtoribus*. = Copie figurée de cet Ouvrage, de l'édition de 1598, d'après un exemplaire que le cit. Mercier a cédé au Duc de la Vallière. = Remarques du cit. Mercier ſur les Mêlanges de Michault. = Lettre contre l'Eſſai ſur un Projet de Catalogue de Bibliothèque, par le cit. Montlinot, imprimée dans le Journal Encyclop. 15 novembre & 1er décembre 1760. = Copie figurée du Livre de Geoffroi Vallée, intitulé : La *Béatitude des Chrétiens*, ou le *Fléo de la Foi*.

Notes du citoyen Mercier ſur divers Ouvrages. = Extraits des Manuſcrits de La Monnoie.

Notes diverſes du cit. Mercier. = Notes du même ſur le Catalogue de Crevenna. = Lettres à l'abbé Lebeuf, par l'Évêque de Perigueux (Jean-Chrétien De Macheco de Prémeaux), par D. Plancher, par D. Polluche, &c.

Notes du cit. Mercier ſur les Romans grecs, latins & françois, leurs éditions différentes, leurs traductions, &c. = Notice ſur Iſarn, auteur du *Louir d'Or*, copie de cette pièce & d'autres du même genre, telles que le Louis d'Or politique & galant. = Notes diverſes du cit. Mercier. = Recherches littéraires ſur les anciens Romans françois.

Notes ſur les Ouvrages compoſés par des Chanoines réguliers & ſur leurs Auteurs.

Deux Deſſins de Guillotine. = Notes du cit. Mercier ſur l'ancienneté de la Guillotine. = Minutes des Notes ſur le Catalogue de Crevenna. = Notices ſur les Imprimeurs des 15e & 16e ſiècles. = Notes de différens Auteurs ſur les premiers temps de l'Imprimerie. = Sur les Mentel de Strasbourg, & ſur ceux de Buſſiare. = Pièces ſur l'Imprimerie à Conſtantinople, communiquées à M. Aniſſon, qui les a copiées. = Notes diverſes du cit. Mercier ſur les premiers temps de l'Imprimerie. = Notes du cit. M. ſur l'Établiſſement de l'Imprimerie en divers lieux.

Notice par le cit. Mercier du MS. de Guilleville, intitulé : Le *Pélerinage de l'Ame humaine*. = Notices de pluſieurs Manuſcrits de la Bibl. nationale, entre autres *de la Sainte & Chrétienne Cabale*. = Copie figurée, par le cit. Mercier, d'un Livret *Rariſſime* ſur l'Impr. Royale en 1750. = Notes

Noticy. B.

diverses. = Projet du cit. Mercier sur le Recueil des cartons mis à différens Ouvrages.

Notices par le cit. Mercier de beaucoup de MSS. de la Bibliothèque Nationale, précédées d'une Lettre écrite en Janvier 1799 (*v. st.*), au cit B***, dans laquelle le cit. Mercier expose le desir qu'il auroit de voir ces Notices livrées à l'impression. Elles peuvent former un bon volume in-8°. - - - -

Notices sur l'Amerique, & sur différens Auteurs anciens. (Écriture de Larroque.) = Théologie curieuse du Chevalier de Jant. (MSS.) - - - -

Notices Bibliographiques du cit. Mercier, sur différens ouvrages. - - - - - - - -

Notices du cit. Mercier sur des Bibliographes locaux, professionnaux, particuliers, &c. = Notice par le cit. Mercier, & extrait du MS. des Lettres de Sorbiere à plusieurs Savans. = Bévues plaisantes de divers Auteurs François, Latins, &c. = Notes sur Sorbière & sur les éditions du Sorberiana. - -

Notice par le cit. Mercier, d'un MS. de Jean Bernard, sur les querelles des Anglais contre les Français, oublié dans la nouvelle édition de la Bibl. Hist. de la France. = Notes du cit. Mercier sur les Soirées Littéraires du cit. Coupé. - - - -

Notices de Poëtes Latins du moyen âge, jusqu'à 1520, 2 *vol. in*-8°. *en porte-feuilles.* - - - -

Ce manuscrit, qui est rangé par ordre alphabétique, est le fruit de plus de vingt années de travail du citoyen Mercier; il contient des Extraits des passages les plus curieux de ces différens Poëtes, des recherches & des notes fort intéressantes sur eux & sur leurs ouvrages.

De l'Imprimerie de STOUPE, rue de la Harpe, an VII.

Les Livres feront exposés dans l'ordre qui fuit :

Le 24 Frimaire.

615 ... 6 .. Les Nos. 5, 9, 10, 4.

Le 25.

935 ... 14 .. Les Nos. 2, 8, 20, 6.

Le 26.

801 .... 4 .. Les Nos. 3, 23, 12, 11.

Le 27.

900 .... 12 .. Les Nos. 19, 7, 24, 13.

Le 28.

602 .... 10 .. Les Nos. 1, 21, 22, 18.

Le 29.

1958 .... 2 .. Les Nos. 25, 27, 26, 29.

Le premier Nivôse.

1024 .... 6 .. Les Nos. 15, 16, 24, 30.

Le 2.

1101 .... 3 .. Les Nos. 14, 17, 31.

7938 ... 17 ..

www.ingramcontent.com/pod-product-compliance
Ingram Content Group UK Ltd.
Pitfield, Milton Keynes, MK11 3LW, UK
UKHW020339230726
13925UKWH00003B/866

9 782014 109429